독고진 장편 소설

FUSION FANTASTIC STORY

100마일
100MILE

100마일 7

독고진 장편 소설

초판 1쇄 찍은 날 § 2015년 6월 17일
초판 1쇄 펴낸 날 § 2015년 6월 24일

지은이 § 독고진
펴낸이 § 서경석

편집책임 § 한준만

펴낸곳 § 도서출판 청어람
등록번호 § 제387-1999-000006호
등록일자 § 1999. 5. 31
어람번호 § 제1-2151호

주소 § 경기도 부천시 원미구 부일로 483번길 40 서경B/D 3F (우) 420-822
전화 § 032-656-4452 팩스 § 032-656-4453
http://www.chungeoram.com
E-mail § chungeorambook@daum.net

ISBN 979-11-04-90279-6 04810
ISBN 979-11-04-90145-4 (세트)

독고진 장편 소설

FUSION FANTASTIC STORY

100마일

100MILE

도서출판 청어람

100마일
100MILE

Contents

Chapter 1

  자신감은 실력에서 나온다.

  필 맥카프리의 투구는 진심으로 박수를 쳐줄 정도로 훌륭했다.

  시즌 개막 직전 부상자 명단에 올랐던 필 맥카프리는 정확하게 시즌 개막 후, 20일 만의 첫 선발 등판 경기에서 8이닝 무실점이라는 눈부신 호투로 자신의 가치를 증명해 냈다.

  필 맥카프리가 왜 LA 다저스의 에이스인지, 어째서 평균 연봉 3천만 달러 이상을 수령하는 선수인지를 확실하게 보여줬다.

기세가 오를 대로 올라 있던 샌프란시스코 자이언츠의 균형 잡힌 타선을 상대로 8이닝 동안 고작 3개의 안타만을 허용했다.

3개의 볼넷이 약간 아쉬운 부분이었지만, 11탈삼진과 더불어 무실점으로 8이닝을 완벽하게 막아냈다는 건 오랜 시간 필 맥카프리의 투구를 기다렸던 팬들에게 기립 박수를 박기에 충분했다.

에이스의 복귀에 힘을 실어주기 위함이었을까?

LA 다저스의 타선도 8이닝 동안 6점을 내면서 확실하게 승리를 챙겨줬다.

경기가 끝나고 수많은 취재진들이 필 맥카프리에게 달려들었다.

부드러운 미소를 지으며 좋은 분위기로 인터뷰를 해나가는 필 맥카프리의 모습도 팀의 에이스다웠다.

"넌 저게 부족해."

형수가 내 어깨에 팔을 두르며 히죽 웃었다.

"저것 봐라. 저 자식 재수 없게 썩소를 지으면서 인터뷰하는 거. 저런 모습에 여성 팬들이 녹는다잖아. 너도 좀 배워라. 얼굴만 보면 뭐… 평균은 되려나?"

형수의 실없는 농담에 피식 웃고는 짐을 챙겼다.

"저녁은 기대해라. 내가 혜영 누님께 특별히 모레 네 선발 등판을 위해서 최고급 소고기 샤브샤브를 부탁했으니까!"

"내일도 아니고 모레를 위해서? 그냥 솔직하게 시인하지. 네가 먹고 싶어서라고."

"넌 원래 경기 전날 과하게 먹는 거 좋아하지 않잖아? 그러니까 하루 앞당긴 거라고!"

미워할 수 없는 형수의 모습에 절로 입가에 미소가 그려졌다.

형수와 함께 짐을 챙겨서 다저 스타디움을 빠져나오자 언제나처럼 승합차 한 대가 천천히 뒤를 따라붙었다.

"정말 끈질기다. 그냥 에이전시나 구단에 말해서 쫓아버리는 게 어때?"

MSB 방송국 황지연 PD의 끈질긴 모습에 형수도 이제는 질려 버렸다는 듯 고개를 절레절레 저었다.

형수의 말대로 에이전시나 구단에 도저히 견딜 수가 없다고 통보를 해버리면 쫓아버릴 수 있었지만, 딱히 나를 방해하는 게 아니라 그러지 않고 있었다.

"연락을 기다려 보고."

"연락?"

형수가 무슨 소리냐는 듯 날 바라보는 사이 핸드폰이 울렸다.

"호랑이도 제 말하면 온다더니. 딱 왔네."

핸드폰 액정 화면에 뜬 차동호 기자의 이름을 형수에게 보여주고는 곧바로 핸드폰을 받았다.

"예, 차동호 기자님."

─경기가 끝나고 지금쯤이면 괜찮겠다 싶어서 전화를 했습니다. 통화 가능하신가요?

"예. 괜찮습니다."

─부탁하신 MSB 방송국 황지연 PD에 대해서 알아봤습니다. 사내에서도 그렇고 외부에서도 평판이 좋습니다. 우선 시청률보다는 방송의 기획 의도를 중점으로, 논란이 생길 만한 흥미유발용 편집 같은 일은 일체 하지 않습니다. 성격도 그렇고 여러 가지 면에서도……

제법 자세하게 알아봐 준 차동호 기자의 이야기에 나는 고맙다는 말을 했다.

점심 무렵에 차동호 기자에게 문자를 보냈었다.

MSB 방송국 황지연 PD에 대해서 좀 알아봐 달라고.

"새벽부터 괜히 귀찮게 해드려서 죄송합니다."

─아닙니다. 차지혁 선수의 일이라면 이 정도는 아무것도 아니죠. 그리고 어차피 제가 하는 일이 밤낮이 없으니까 시간적으로도 신경 쓸 필요 없습니다. 그보다도 내일 모레

선발 등판 경기 잘하시길 바라겠습니다.

"예, 감사합니다. 또 연락드리겠습니다."

―차지혁 선수의 연락이라면 자다가도 벌떡 일어나겠습니다. 그럼 파이팅입니다!

차동호 기자와 전화를 끊고 나자 형수가 물었다.

"왜? 방송 출연하려고?"

"아마도."

"갑자기 왜 심경에 변화라도 생겼어?"

"약간은."

"설마 오늘 아침에 있었던 일 때문에? 지혁아, 무섭게 왜 그러냐? 내가 아침에는 정말 실수했다니까. 나도 모르게 그냥 헛소리가 나온 거야. 그러니까 괜히 신경 쓸 필요 없어. 방송 출연 따위 너랑은 어울리지도 않잖아?"

안절부절못하는 형수를 바라보며 대답했다.

"당장 바뀌는 건 못 하겠고, 서서히 내가 할 수 있는 것들부터 차근차근 해보려고. 그리고 너나 차동호 기자님 말처럼 언제까지 내가 방송 출연을 거부할 수 있는 것도 아니고, 어차피 해야 한다면 마음에 드는 방송에 출연하는 게 좋을 것 같다는 생각도 들더라고."

말을 해놓고 보니 당장 실천하는 게 낫겠다는 판단이 들었다.

곧바로 승합차를 향해 걸어갔다.

천천히 뒤를 쫓아오던 승합차가 멈춰섰다.

똑똑똑.

보조석을 향해 가볍게 문을 두드리자 곧바로 창문이 열렸다.

처음 만났을 때와는 전혀 다른 피곤에 찌든 얼굴을 하고 있는 황지연 PD가 웃으며 말했다.

"차지혁 선수가 먼저 이렇게 온 건 처음이네요? 방송 출연을 하기로 결심했나요?"

"예."

"역시 그럴 줄… 예에?"

황지연 PD의 깜짝 놀란 얼굴을 보는 것도 꽤 재밌었다.

"촬영 날짜는 이틀 뒤, 샌프란시스코 자이언츠 선발 경기부터 2박 3일. 인터뷰는 하루에 한 번. 훈련과 경기 촬영은 알아서들 하시면 됩니다. 카메라 앞이라고 딱히 어떤 특별한 행동을 하는 건 없을 겁니다. 혹시라도 촬영 중 어떤 행동이나, 작위적인 설정을 요구한다면 그 즉시 촬영은 중단하겠습니다. 나머지 세부 사항과 촬영 협조에 대한 계약 부분은 에이전시와 구단 측과 직접 해결하시면 됩니다."

내 말을 멍하니 듣고만 있던 황지연 PD는 이윽고 다급하게 종이와 펜을 꺼내 들었다.

"다, 다시 한 번만 말해주세요!"

＊　　　　＊　　　　＊

"말씀하신 것처럼 촬영은 내일 새벽부터 자연스러운 모습 그대로 카메라에 담을 예정이에요. 다른 어떠한 인위적인 연출은 하지 않을 거고, 저희 촬영팀의 재량으로 동료 선수들의 인터뷰도 따로 딸 겁니다. 더불어 방송 전 편집이 완료된 최종 영상을 차지혁 선수와 에이전시, 구단에 먼저 전달하기로 했어요. 그러니까 의도하지 않았던 내용이 방송에 나가는 일은 없을 거예요."

황지연 PD의 말에 대답 없이 고개만 끄덕였다.

당연하다고 생각했다.

나중에 들은 사실이지만, 실제로 편집된 최종 영상, 즉 방송 영상을 출연자는 물론 에이전시와 구단에 먼저 준다는 건 무척이나 이례적인 일이라고 했다.

그렇게 모든 촬영 준비가 끝났다.

솔직히 약간의 우려도 있었다.

너무나도 단순하고 반복적인 생활 패턴이 과연 무슨 의미가 있을까 싶었다.

눈을 뜨면서부터 시작되는 훈련, 그리고 무미건조한 일상. 도저히 방송용이라고 하기엔 무리가 있었다.

이미 몇 번이나 말을 한 내용이었고, 그럼에도 불구하고 촬영을 하겠다고 방송국에서 끈질기게 매달렸으니 어련히 알아서 할까 싶으면서도 한편으로는 괜한 짓을 벌인 게 아닌가 하는 생각도 들었다.

그렇다고 다시 되돌릴 수도 없고, 그러고 싶지도 않았다.

우려는 됐지만, 그 역시도 내 본모습이니 어떻게 받아들이든 상관하지 않기로 했다.

방송 촬영을 허락한 건 나를 응원해 주는 팬들에게 보일 수 있는 최소한의 성의라고 판단했다.

지금까지는 나 혼자 내가 해야 할 훈련만 하면서 야구를 했다면, 이제부터는 나를 지지하고 응원해 주는 팬들에게 내가 어떤 사람인지를 어느 정도는 보여줘야 할 것 같다는 의무감을 가졌기 때문이다.

가장 중요한 건 마운드 위에서의 모습이지만.

"참, 인터뷰와는 별도로 차지혁 선수가 방송을 통해 어떤 특정 메시지를 보내고 싶다면 언제든지 촬영을 할게요. 혹시 메시지를 보내고 싶은 사람이 있나요?"

"메시지라면 정확하게 뭘 말하는 거죠?"

"간단하게 영상 편지라고 생각하면 되요. 가족들이나 팬,

친구, 은사님 등등 차지혁 선수가 평소 하지 못했던 말들을 방송을 통해서 하는 거죠."

"생각해 보겠습니다."

가장 먼저 떠오른 건 당연히 가족이다.

지금의 나를 있게끔 만들어 준 아버지와 어머니, 그리고 사랑하는 동생 지아.

가족 다음으로 떠오른 사람은 내가 이 자리에까지 올라설 수 있도록 튼튼한 기초를 마련해 준 최상호 코치다.

그 외에도 몇몇 사람들이 떠오르긴 했지만, 군이 방송을 통해서까지 영상 편지를 쓸 만한 사람은 최상호 코치뿐이었다.

마지막으로 황병익 대표와 형수도 후보 중 하나였다.

"그럼 내일 새벽부터 촬영 시작할게요. 다시 한 번 고마워요. 촬영을 허락해 준 것도 그렇고, 촬영 기간 동안 차지혁 선수의 집에 머물 수 있도록 해준 점도 고마워요. 나중에 촬영이 끝나면 정말 멋진 저녁 식사 한 번 대접할게요."

환하게 웃으며 고마움을 표시하는 황지연 PD였다.

*   *   *

샌프란시스코 자이언츠와의 2차전에서는 아쉽게도 3 : 2로 1점 차 패배를 당하고 말았다.

전날 필 맥카프리의 구위에 짓눌렸던 샌프란시스코 자이언츠의 타자들은 다소 컨디션이 떨어진 듯 제대로 된 화력을 발휘하지 못했지만, 득점 찬스에서는 집중력을 발휘하며 아슬아슬하게 1점차 승리를 가져갔다.

이번 두 번째 시리즈의 마지막 3차전.

LA 다저스의 선발 투수로는 내가 마운드에 올라갔고, 샌프란시스코 자이언츠의 선발 투수로는 2선발 투수인 타일러 콜렉이 마운드에 오르기로 결정되어 있었다.

타일러 콜렉.

야수(野獸), 미국에서는 타일러 콜렉을 비스트(beast)라고 불렀다.

타일러 콜렉은 2m가 넘어가는 큰 키에서 뿌려대는 무지막지한 구위를 지닌 포심 패스트볼로 한때 메이저리그 최고라는 찬사를 받기도 했다.

타고난 체격과 최고 수준의 팔 힘을 가지고 2014년 드래프트 1라운드에서 마이애미 말린스와 계약했고, 유망주 시절부터 타일러 콜렉의 패스트볼은 대다수의 스카우트들에게 찬사를 받았다.

더불어 커브를 사용하는 감각 또한 수준급이라 부를 만

했다.

　여기까지가 1라운드에 지명을 받은 타일러 콜렉의 장점이라면, 단점으로는 폭발적인 구위를 지닌 패스트볼의 완급을 조절하지 못하는 것과 손목의 사용이 부드럽지 못해 패스트볼의 구속과 커브의 사용이 저하될지 모른다는 점, 체인지업을 배우고 있지만 제3구로서의 가치가 불투명하다는 점과 제구, 경기 운영 능력이 미숙해 오랜 시간 노력을 들여야만 잠재 능력을 꽃피울 수 있을 거란 평가를 받았다.

　가진 바 재능만큼 상당한 노력도 필요한 유형의 투수다.

　충분한 노력으로 재능을 개화시킬 수만 있다면 충분히 에이스의 역할을 수행할 수 있다 평가를 받은 타일러 콜렉은 결과적으로 마이애미 말린스에서는 아무런 빛도 보지 못했다.

　마이애미 말린스는 타일러 콜렉을 세련되게 조련을 시켰다.

　최대 장점인 패스트볼의 구속과 구위가 조금 떨어진다 하더라도 감각적인 커브와 체인지업, 슬라이더를 장착시키며 제구력, 완급 조절, 경기 운영 능력까지 모든 것을 다 집중적으로 투자하며 차기 에이스로 성장을 바랐다.

　하지만 결과는 실패.

그것도 아주 처참할 정도의 대실패였다.

타일러 콜렉의 최대 장점인 패스트볼의 구위는 드래프트 시절보다 못해졌고, 커브나 다른 변화구들의 구사 능력도 평균 이상을 바랄 수가 없었다.

완급 조절은 가능해졌으나 구위가 떨어진 패스트볼은 전혀 위력적이지 못하니 완급 조절 자체가 의미가 없어졌으며, 선발 투수의 구위가 모조리 하락하다 보니 이닝 이터 역할을 수행하지 못해 경기 운영 능력 또한 미숙하기 짝이 없었다.

그나마 한 가지 얻은 것이라고는 제구력이었으나, 그 역시 밋밋한 패스트볼과 타자를 속이기에 부족한 변화구들로 인해 빛을 발하지 못했다.

결국, 3년 만에 타일러 콜렉은 헐값에 샌프란시스코 자이언츠로 트레이드를 당했다.

그조차도 주력 트레이드 카드가 될 수 없는 전형적인 끼워팔기식 카드였다.

그렇게 샌프란시스코 자이언츠로 트레이드 당한 타일러 콜렉에게 시선을 주는 사람은 없었다.

구단은 물론, 팬들조차도 이미 망가질 대로 망가진 유망주 투수, 더 이상 재기가 어려운 투수라는 인식이 팽배했다.

그때, 타일러 콜렉에게 구원의 손길을 내민 선수가 있었다.

내 시선이 자연스럽게 샌프란시스코 자이언츠의 더그아웃 쪽으로 향했다.

흔하게들 말하는 꽃중년의 외모를 지닌 젊은 코치가 시야에 들어왔다.

'타일러 콜렉의 평생 은인이라고 했었지?'

샌프란시스코 자이언츠가 배출한 최고의 포수, 버스터 포지다.

완전히 망가져 더 이상의 기대를 가질 수 없는 타일러 콜렉을 부활시킨 장본인이 바로 버스터 포지다.

"꾸미지 말고 본능적으로 던져라."

버스터 포지는 타일러 콜렉에게 그렇게 주문했다고 한다.

마이애미 말린스에서 배운 것들을 모두 잊어도 좋으니 자신이 가지고 있는 그대로의 날것, 규격화되지 않은 본능적이고 가장 편안한 투구를 하라고 말했다.

그 결과는 놀라울 정도였다.

타일러 콜렉은 스스로조차 잊었던 폭발적인 패스트볼을

던졌다.

오랜 시간 마이애미 말린스에서 가다듬은 커브를 비롯한 변화구들은 투박해졌지만, 패스트볼 하나로 인해 충분히 타자에게 위협적으로 변했다.

그동안 가장 발전했다 평가를 받았던 제구력이 다소 떨어졌지만, 그 정도는 문제가 아니었다.

급변한 타일러 콜렉은 마이너리그를 초토화시켜 버렸다.

강력한 패스트볼을 앞세워 마이너리그의 타자들을 일방적으로 압살시킨 타일러 콜렉을 두고 샌프란시스코 자이언츠의 팬들은 길들여지지 않는 야수, 비스트라고 불렀다.

메이저리그에 입성한 타일러 콜렉은 평균 구속 99마일, 최고 구속 104마일을 앞세워 메이저리그 타자들마저도 힘으로 짓누르며 승승장구했다.

그렇게 2020년부터 2024년까지 최고의 전성기를 누리며 2번의 사이영상까지 탄 타일러 콜렉이었지만, 30살에 들어서면서 자연스럽게 구속이 줄어들었다.

그렇게 도니 케일이라는 새로운 에이스가 등장하면서 이제는 2선발 투수로 밀려난 타일러 콜렉이라고 하지만 여전히 위력적인 패스트볼을 구사하는 투수 중 하나였다.

"컨디션은 어때?"

유혁선 선배가 곁에 앉으며 그렇게 물었다.

"오셨습니까."

LA 다저스에서 코치 연수를 받고 있는 유혁선 선배는 종종 한 번씩 얼굴을 보였다. 대부분의 시간을 마이너리그에서 보내고 있었지만, 오늘처럼 시간이 빌 때는 다저 스타디움까지 찾아오기도 했다.

"일어날 것 없어. 앉아."

"예."

"오늘도 연속 이닝 무실점 기록을 이어나갈 거지? 연속 완봉승도 마찬가지고?"

장난꾸러기처럼 웃으며 묻는 유혁선 선배에게 나 역시 가볍게 웃으며 대꾸했다.

"샌프란시스코 타자들은 솔직히 저도 무섭습니다."

"맞아. 샌프란시스코 타자들은 정말 무섭지. 으~ 나도 옛날 일 떠오른다. 비록 필 맥카프리가 복귀하는 바람에 샌프란시스코의 노림수가 박살이 나긴 했지만, 어쨌든 어제 경기로 승패를 맞춰놨으니 오늘 경기에서 어떻게든 널 한 번 흔들어 보려고 할 거다. 진짜 조심해야 해."

유혁선 선배의 말대로다.

샌프란시스코 자이언츠는 첫 번째 시리즈에서 완벽하게 스윕을 가져갔음에도 이번 두 번째 시리즈마저도 위닝 시리즈를 가져가기 위한 계획을 짰다.

선발 로테이션까지 바꿨던 거다.

'필 맥카프리가 복귀하지 않았다면 샌프란시스코의 계획 대로 갔을지도 모르지.'

예상하지 못했던 에이스의 귀환으로 샌프란시스코 자이언츠의 계획이 어긋났다.

무난하게 승리했어야 했을 1차전 게임을 내주고 만 것.

이후, 두 번째 경기에서 예정대로 1선발이자 현 샌프란시스코의 에이스 도니 케일이 등판해서 아슬아슬했지만 어쨌든 승리를 따내며 시리즈 전적 1승 1패를 맞춰 놨다.

오늘이 마지막 3차전으로 예정대로 막강 선발 카드 중 하나인 타일러 콜렉이 나왔다.

나를 상대로 어느 정도 기대를 걸어볼 만한 선발 카드인 건 분명했고, 필 맥카프리만 아니었어도 이미 2승을 따놓으며 위닝 시리즈를 만들어 놨으니 설령 패배한다 하더라도 아쉬울 것 없는 계획이었다.

"콜 머먼트 감독은 작전 야구에 능통한 사람이야. 내 말이 무슨 소리인지 알지?"

"물론입니다."

메이저리그 감독들 가운데 가장 작전을 많이 쓰고, 자유롭게 구사하는 감독이 바로 현 샌프란시스코 자이언츠의 콜 머먼트 감독이다.

얼마나 작전을 잘 쓰고 자유롭게 구사하냐고 묻는다면 상황에 따라서 투수가 아닌 선수들에게도 여지없이 희생 번트 작전을 내리는 감독이라 말하겠다.

그 외에도 히트 앤 런, 런 앤 히트, 번트(희생, 기습, 스퀴즈), 스틸(더블, 홈) 등 온갖 작전을 구사하기로 유명했다.

수비 쪽에서도 마찬가지였다.

메이저리그에서 콜 머먼트 감독만큼 많은 작전을 구사하는 감독이 없을 정도다.

중요한 건 이런 콜 머먼트 감독의 작전 지시를 샌프란시스코 선수들이 모두 거부감 없이 받아들인다는 사실이다.

사실, 메이저리거들이 감독의 작전을 거부하지 않고 받아들이기란 쉽지 않다.

개인 기록이 하락하기도 하고, 자신의 실력을 인정하지 않는 것 같다 여겨 자존심이 상하기 때문이다.

그렇기에 타 구단의 감독들은 군소리 없이 콜 머먼트 감독의 작전 지시를 따라주는 샌프란시스코 자이언츠 선수들을 더 대단하게 여겼다.

"투구 직후 바쁘게 움직여야 할 거다."

유혁선 선배는 그렇게 말하고는 내 어깨를 가볍게 두드렸다.

수고하라는 뜻임을 알기에 나는 살짝 고개를 숙였다.

마운드에 오르자 홈 팬들의 열광적인 응원이 가장 먼저
날 반겼다.

거짓말 하나도 보태지 않고 절반가량의 팬들이 내 이름
과 번호가 새겨진 유니폼을 입고 있었다.

곳곳에 나를 응원하는 피켓도 눈에 들어왔다.

다저 스타디움을 찾은 수만의 홈 팬들이 원하는 건 하나
였다.

승리.

라이벌 샌프란시스코 자이언츠에게서 승리하는 것이다.

첫 번째 시리즈에서 치욕스러운 스윕을 당했으니, 두 번
째 시리즈에서는 어떻게든 복수를 해주길 바라고 있는 거
다.

에이스 필 맥카프리는 복귀해서 손쉽게 승리를 거뒀다.

어제 경기에서 아쉽게 패배하긴 했지만, 오늘은 내 차례
다.

필 맥카프리가 없는 상황에서 에이스 역할을 해주며 양
대 리그를 통틀어 가장 눈부신 활약을 해주고 있는 나에 대
한 홈 팬들의 기대감은 대단했다.

피켓에 보이는 믿음과 신뢰라는 단어들만 보더라도 그

열망을 충분히 느낄 수 있었다.

"해보자."

홈 팬들의 기대, 그리고 방송 촬영을 위해서라도 오늘 승리는 반드시 필요했다.

"플레이볼!"

주심의 활기찬 외침에 타석에 타자가 들어섰다.

샌프란시스코 자이언츠 1번 타자, 데릭 힐.

리그 최고 수준의 리드오프.

파워를 제외한 타격 능력, 주력, 수비력, 선구안 모든 것이 최정상급이라 불리는 선수다.

2014년 1라운드에서 디트로이트의 지명을 받았을 정도로 잠재력을 인정받았던 데릭 힐은 메이저리그 데뷔와 동시에 리그 평균 이상의 성적을 항상 내왔다.

무엇보다 데릭 힐의 가장 큰 장점은 약점이 없다는 사실이다.

수준급의 배트 스피드로 인해 웬만한 공은 모두 커트해낼 능력이 있었고, 경력이 쌓이며 침착하게 투수의 공을 기다릴 줄도 알았다.

삼진 수는 적고, 평균 5개 이상의 공을 투수로 하여금 던지게 만들었기에 1번 타자로서의 자질을 타고났다는 평가를 받고 있었다.

까다로운 타자다.

하지만 데릭 힐은 나와 상성이 맞질 않는다.

'구위로 누른다.'

간단하게 말해서 데릭 힐은 사토시 준과 같은 유형의 타자다.

파워가 없다는 점은 그만큼 투수의 구위를 이겨낼 수 있는 힘이 없다는 뜻과 같다.

벌써 정규 시즌 5번째 호흡을 맞추고 있는 토렌스는 초구부터 강하게 압박을 해보라는 듯 포심 패스트볼을 몸 쪽으로 요구해 왔다.

타석에 서서 침착하게 날 바라보는 데릭 힐을 향해 오늘 경기 첫 번째 공을 던졌다.

쇄애애애액!

퍼— 어엉!

"스트라이크!"

살 떨릴 정도로 빠른 포심 패스트볼이 몸 쪽으로 파고들자 주심은 일말의 망설임도 없이 스트라이크 판정을 내렸다.

고개를 돌려 전광판을 바라보니 97마일이 찍혀 있었다.

평균 96마일의 패스트볼을 던지고 있었기에 초구부터 평균 구속을 1마일 넘어섰다.

'이제는 손에 익었어.'

97마일의 공도 제구력에 문제가 없었다.

정말 집중이 잘되거나 컨디션이 베스트라 불릴 때라면 98마일까지도 제구가 잡혔지만, 실질적으로 내가 완벽하게 제구력을 잡을 수 있는 구속은 96마일까지였다.

그런데 오늘 경기에서는 우선 97마일까지 제구가 잡힌다는 걸 확실하게 인지했다.

2구는 우타자인 데릭 힐에게 가장 까다로운 바깥쪽 스트라이크 존을 살짝 걸치는 컷 패스트볼을 던졌다.

펑!

"스트라이크!"

환상적인 토렌스의 미트질이 빛을 발하며 스트라이크 판정을 끌어냈다.

정말 토렌스가 포수로 앉아 있을 때만큼은 주심의 성향을 굳이 파악할 이유가 없었다.

정말 까다로운 주심이라면 말이 다르지만, 그 외의 대부분의 주심들은 토렌스의 미트질에 확실하게 넘어갔기에 경기 초반 스트라이크 존을 탐색할 이유가 없었다.

유리한 볼 카운트에서 토렌스가 요구해 온 3구는 데릭 힐의 무릎 높이로 스치고 지나가는 몸 쪽 낮은 코스의 체인지업이었다.

　가볍게 호흡을 가다듬고 곧바로 3번째 공을 던졌다.

　딱!

　한 번도 움직이지 않았던 데릭 힐의 배트가 아주 가볍게 움직이며 체인지업을 커트해 버렸다.

　파워 커브였다면 확실하게 헛스윙을 이끌어 낼 수도 있었겠다는 아쉬운 마음이 들었다.

　이어진 4구는 같은 코스의 컷 패스트볼.

　휘두르지 않으면 볼이 되겠지만, 휘두르면 헛스윙보다는 3루수 방면으로 먹힌 타구가 나올 확률이 굉장히 컸다.

　카운트가 불리한 상황이라 그런지 데릭 힐은 고민 없이 배트를 휘둘렀다.

　딱.

　배트에 맞은 공이 크게 바운드가 되며 3루수 방면으로 튀어 나갔다.

　가만히 내버려 두면 파울이 될 수도 있는 애매한 타구였지만, 3루수인 코리 시거는 파울 따윈 머릿속에 들어 있지 않다는 듯 빠르게 달려 나오며 바닥에서 튀어 오르는 공을 그대로 맨손으로 잡아 1루로 송구했다.

　펑!

　"아웃!"

발이 빠른 데릭 힐이었지만, 코리 시거의 멋진 수비에 한 발 늦고 말았다.

코리 시거의 멋진 호수비에 글러브 박수를 쳐줬다.

데릭 힐이 아웃되자 2번 타자 마틴 배긴스가 타석에 들어섰다.

샌프란시스코 자이언츠에서 야심차게 육성한 내야수 중 한 명이 바로 마틴 배긴스다.

포지션은 유격수고, 우투좌타다.

처음 드래프트를 통해 샌프란시스코와 계약 맺을 때만 하더라도 스위치 타자였다고 했다.

수비 실력은 메이저리그 양대 리그를 통틀어서 열 손가락 안에 들어갈 정도로 뛰어나다.

넓은 수비 범위, 빠른 발, 유연한 몸놀림, 강한 어깨까지 모든 것을 가졌다고 해도 과언이 아닐 정도로 눈부신 재능을 가진 마틴 배긴스는 향후 메이저리그 최고의 유격수 중 한 명이 될 가능성이 높았다.

타석에서의 능력도 마찬가지다.

데릭 힐과 비슷한 성격의 타자로 파워가 부족했지만, 전체적인 타격 밸런스가 아주 훌륭하다고 평가를 받고 있었다.

더불어 작전 수행 능력이 굉장히 좋았는데.

톡.

기습 번트.

초구에 마틴 배긴스는 배트를 던지다시피 기습적으로 번트를 대고는 뒤도 돌아보지 않고 1루를 향해 내달렸다.

매년 40개 이상의 도루를 할 정도로 빠른 발을 가진 마틴 배긴스였고, 워낙 기습 번트에 대한 대비가 전혀 이뤄지지 않았기에 토렌스가 공을 주워들고 1루를 향해 던지려고 할 때는 이미 늦었다는 판단이 들었다.

'완전히 당했네.'

콜 머먼트 감독의 작전일까?

아니면, 마틴 배긴스의 독단적인 행동일까?

중요한 건 어느 쪽이든 기습 번트를 허용하고 말았다는 사실이다.

"1회부터 기습 번트라니… 휴우!"

토렌스가 마운드까지 직접 올라와 공을 건네주며 고개를 저었다.

마틴 배긴스를 향한 눈초리는 무척이나 사나웠다.

"괜찮습니다."

메이저리그에서 기습 번트를 보는 일은 생각보다 힘들다.

특히, 일부 극성스러운 팬들은 정당하지 못하다며 기습

번트를 성공시킨 타자에게 날 선 비난이나 조롱을 퍼붓기도 했다. 지금처럼.

"사내새끼가 부끄럽게 기습 번트라니! 창피한 줄 알아라!"

"적의 공이 얼마나 무서웠으면 1회부터 번트질이냐! 너 같은 놈이 빅리그의 타자라는 게 수치다!"

1루 쪽에 자리를 잡고 앉아 있던 홈 팬들이 마틴 배긴스를 향해 쉬지 않고 목소리를 높였다.

그중에는 꽤 듣기 민망할 정도로 수위가 높은 욕설이나, 조롱도 있었지만 1루 베이스를 밟고 서 있는 마틴 배긴스는 아무 소리도 들리지 않는다는 듯 싱글싱글 웃고 있었다.

내가 좌투수라 하더라도 1루에 빠른 주자가 나가 있으면 신경이 쓰이는 건 마찬가지다.

마틴 배긴스는 우투수, 좌투수 가리지 않고 재량껏 도루를 할 정도로 콜 머먼트 감독의 절대적인 지원을 받고 있었다.

보란 듯이 리드폭을 넓게 가져가면서 내 시선을 분산시키는 마틴 배긴스의 행동에 견제구를 던졌다.

촤아아아악.

그림 같은 슬라이딩을 보여주는 마틴 배긴스였다.

옷에 묻은 흙을 툭툭 털어내고는 다시 넓게 리드폭을 가져갔다.

순간 반응 속도가 무척이나 빨랐기에 마틴 배긴스를 견제로 잡기란 요원한 일. 실제로 그는 매년 40개 이상의 도루를 성공시키면서도 5번 이상 견제사를 당한 적이 없을 정도였다.

도루 성공률도 무척이나 높았기에 마틴 배긴스가 1루에 나가면 상대팀 포수는 자연적으로 긴장할 수밖에 없었다.

토렌스도 언제든 2루로 송구를 할 수 있는 자세를 잡고 앉아 있었다.

'저번 시리즈에서 두 개, 이번 시리즈에서도 도루를 하나 줬었지.'

바로 어제 경기에서 토렌스는 마틴 배긴스의 도루를 허용하고 말았다.

도루 저지율이 평균 이상인 토렌스였지만, 마틴 배긴스에게 올 시즌에만 벌써 3개나 도루를 허용하고 있었으니 자존심이 상할 수밖에 없었다.

주자의 도루를 포수 혼자서만 막을 수 있는 건 아니지만, 수비형 포수라는 인식이 강한 토렌스에게 도루 허용은 분명 자존심이 상하는 일이었다.

토렌스의 자존심보다 더 중요한 건 바로 내 자존심이다.

시범 경기부터 시작해서 오늘 경기 전까지 나는 단 한 번도 도루를 허용한 적이 없었다.

좌투수로서 도루를 허용한다는 것 자체가 우선 자존심이 상하는 일이다.

리드폭이 넓기는 하지만 마틴 배긴스도 나처럼 빠른 공을 던지는 파이어볼러 앞에서는 쉽게 도루를 생각하지 않는다.

의도는 뻔하다.

내 집중력을 흔들어 놓겠다는 것.

더욱이 현재 타석에는 3번 타자 길버트 라라가 서 있었다.

샌프란시스코 자이언츠 사상 가장 많은 이적료를 지급하고 영입한 특급 거포가 바로 길버트 라라다.

8시즌 연속 30개 이상의 홈런을 기록하고 있는 길버트 라라는 메이저리그 역대 최고 기록인 배리 본즈의 13시즌 기록을 깰 유일한 타자로 주목을 받고 있는 중이다.

'어제 경기까지 7개를 터트렸지.'

올 시즌 길버트 라라는 역대 그 어떤 시즌보다 빠른 페이스로 홈런을 날려대고 있었다.

일부 전문가들은 길버트 라라의 파워와 타격 능력이 정점에 도달했다며 부상을 당하지 않는 이상 올 시즌도 무난하게 30개 이상의 홈런을 터트릴 것이며, 생애 첫 홈런왕

타이틀을 거머쥘 수 있을 거라고 조심스럽게 예상할 정도였다.

반대로 말하면 8년 동안 매년 30개 이상의 홈런을 터트리고 있음에도 홈런왕은 단 한 번도 한 적이 없다는 뜻이다.

'파워 하나는 정말 끔찍할 정도라고 했으니까.'

경기 직전 토렌스가 길버트 라라에 대해서 말하길, 딱 한 가지만 조심하라고 했다.

"절대 구위로 덤벼들지 마. 척, 네 구위를 무시하는 게 아니라 길버트 라라의 파워가 워낙 대단해서 하는 말이야. 메이저리그의 어떤 투수도 현재 그를 구위로 이길 수는 없어. 이건 내가 장담할 수 있어. 파워 하나는 정말… 끔찍할 정도로 무서운 타자야."

타석에 선 길버트 라라는 확실히 분위기부터 달랐다.

언뜻 느껴지는 느낌은 애리조나 다이아몬드백스의 지미 그랜과 무척이나 흡사했다.

하체보다는 상체에 집중되어 있는 터질 듯 부풀어 올라 있는 근육은 스트라이크 존을 작게 만들었다.

단순하게 파워만 놓고 본다면 지미 그랜도 한 수 접어줘야 할 길버트 라라였기에 신중하게 토렌스와 사인을 주고받았다.

사인을 주고받는 동안에도 1루 주자인 마틴 배긴스는 꽤 요란스럽게 움직이며 날 자극했다.

신경 쓸 필요 없다 생각하며 토렌스의 사인대로 바깥쪽을 걸치는 컷 패스트볼을 초구로 던졌다.

쇄애애애액!

부우우— 웅!

마운드에서도 바람 소리가 들려올 정도로 살벌하게 돌아가는 길버트 라라의 스윙이었다.

이건 여지없다.

제대로 맞을 것도 없이 어느 정도만 타격에 성공해도 그대로 담장을 넘겨 버린다.

길버트 라라는 현재 나를 상대로 정교한 타격이 아니라 무지막지한 파워를 앞세운 한 방을 노리고 있었다.

문제는 유인구를 던지기가 쉽지 않다는 사실이다.

1루에 발 빠른 마틴 배긴스를 두고 구속이 떨어지는 변화구를 던진다는 건 도루할 기회를 주는 것이었기에 토렌스도 초구를 컷 패스트볼로 요구해 왔던 거다.

토렌스는 1루 주자를 힐끔 바라보고는 두 번째 사인을 보내왔다.

포심 패스트볼, 바깥쪽으로 빠지는 코스.

스트라이크가 아니라 볼을 요구하고 있었다.

유인구로 삼기에는 적당하지 않았다.

차라리 한 방을 노리고 있는 길버트 라라를 생각했을 때, 몸 쪽으로 바짝 붙어서 떨어지는 파워 커브나 높은 코스의 포심 패스트볼이 적당했다.

마음에 들지 않는 사인이었지만, 포수로서 토렌스를 신뢰하고 있었기에 원하는 대로 던져 줬다.

쇄애애액.

빠르게 날아가는 공에 길버트 라라는 상체를 움찔거렸지만 예상대로 배트를 휘두르지는 않았다.

그리고 놀라운 일이 벌어졌다.

판정에 대한 미련이 눈곱만큼도 없다는 듯 토렌스는 포구와 동시에 포수 미트를 가슴으로 끌어당기고는 전광석화처럼 오른손을 움직여 공을 빼내고는 그대로 앉아서 1루수 미치 네이에게 송구를 했다.

펑!

미리 사인을 맞췄다는 듯 1루수 미치 네이는 조금도 당황하지 않고 토렌스의 공을 잡으며 1루 베이스 앞쪽을 쓸 듯이 팔을 휘둘렀다.

툭.

내가 투구 동작을 하면서 2루 베이스 쪽을 향해 몇 발자 국을 이동했던 마틴 배긴스는 전혀 예상하지 못했던 토렌 스의 1루 송구에 다급하게 슬라이딩을 하며 손을 뻗었지만, 그보다 미치 네이의 글러브가 그의 손등을 찍고 지나가는 것이 먼저였다.

"아웃!"

1루심이 우렁차게 외치며 주먹을 쥐었다.

마틴 배긴스는 슬라이딩을 한 자세 그대로 고개를 바닥에 푹 묻었다.

평소보다 넓었던 리드폭이 문제였다.

물론, 가장 결정적인 건 투수인 나조차도 전혀 예상하지 못했던 토렌스의 깜짝 송구였다.

옷에 묻은 흙을 털지도 않고 더그아웃으로 터덜터덜 걸어가는 마틴 배긴스의 모습에 나는 고소한 감정을 느꼈다.

더불어 토렌스의 또 다른 면을 봐서 절로 미소가 그려졌다.

신경 쓰이던 1루 주자를 잡아냈고, 아웃 카운트도 하나 올리면서 이젠 눈앞에 서 있는 길버트 라라만 잡으면 1회가 끝난다.

주자가 아웃됐음에도 별다른 감정을 드러내지 않는 길버트 라라의 모습을 보며 나는 토렌스가 보내주는 사인을 확인하고는 고개를 끄덕였다.

　'이제 길버트 라라를 잡으러 가볼까.'

　글러브 속에 감추고 있는 공의 실밥을 느끼며 피처 플레이트에 발을 올려놨다.

Chapter 2

　처음부터 그랬지만, 이제는 너무나도 까마득한 곳까지 올라가 버린 사람이다.

　감히 쳐다보는 것조차 민폐가 될 정도로 너무 높은 곳을 향해 날아가고 있는 사람이라 이제는 더 이상 하찮은 용기조차 낼 수가 없었다.

　손은커녕 눈길조차 닿을 수 없는 곳에 떠 있는 남자.

　TV로 그를 보는 것만으로도 만족하기로 했다.

　"지혁 씨……."

　넘볼 수 없는 사람이라는 걸 알면서도 가슴 한구석이 꽉

막힌 것처럼 답답했다.

손에 쥔 핸드폰의 액정이 꺼지자 천천히 버튼을 눌렀다.

차지혁이라는 세 글자가 화면에 떴다.

아무렇지도 않게 문자를 보낼 수도 있었지만, 그것조차 이제는 용기가 나지 않았다.

한편으로는 야속한 마음도 들었다.

언제나 먼저 연락을 했었다.

선발 경기가 있는 날이면 경기가 시작되기 한참 전부터 먼저 문자로 응원을 했고, 경기가 끝나면 승리를 축하하는 문자도 보냈다.

단 한 번도 먼저 연락을 해온 적이 없었고, 자신이 보낸 문자에 대한 답변도 늘 형식적이고 간단했다.

자존심이 상하기보다는 섭섭하고 서운한 감정이 먼저 들었다.

그래서 문자를 더 이상 보내지 않았다.

항상 먼저 연락을 했었으니 혹시라도 무슨 일이 있을까 싶어 궁금해 하지 않을까 기대도 해봤다.

경기가 시작되기 전까지 핸드폰을 손에서 놓지 않았고, 핸드폰에 문제가 생긴 게 아닐까 싶어 친구들에게 문자를 보내달라는 부탁까지 해봤다.

멀쩡한 핸드폰을 확인하곤 현실을 깨달았다.

너무 까마득한 높은 곳으로 올라간 그는 자신을 생각조차 하지 않고 있다는 걸.

인정해야만 했다.

애초부터 아무런 사이도 아니었으니 그를 원망하고 욕할 이유도 없었다.

"하아아……."

깊은 한숨이 흘러나왔고, 괜히 눈물이 맺혔다.

첫사랑이라면 첫사랑인 남자에게 변변찮게 고백도 한 번 해보지 못하고 이렇게 끝나는 건가 싶은 마음에 스스로가 너무 초라하고 못났다는 생각만 들었다.

중학교, 고등학교 시절 친구들이 TV에 나오는 연예인을 동경하며 짝사랑을 하는 모습을 보고 한심하다 여겼는데, 남자 친구가 생겨 데이트를 즐기는 친구들과 다르게 자신은 20살이 넘어서야 TV 속 스타를 동경하며 가슴앓이하고 있으니 부끄럽고 창피했다.

당장에라도 문자를 보낼 수 있지만, 그것이 얼마나 무의미한 행동인지 알기에 단념하기로 했다.

─차지혁 선수! 멋진 파워 커브로 길버트 라라 선수를 헛스윙 삼진으로 돌려세웠습니다! 1회 초 샌프란시스코 자이언츠의 공격을 무실점으로 막아내면서 41이닝 연속 무실점

기록을 이어나갑니다!

이제는 순수한 팬으로서 그를 지지하고 응원해 주는 것만이 아름다운 이별이었다.

화면이 꺼진 핸드폰 액정을 다시 살려냈다.

차지혁이라는 이름으로 저장된 번호를 지우는 것이 가장 깨끗하게 그와의 인연을 정리하는 것임을 알기에 떨리는 손으로 삭제 버튼을 눌렀다.

연락처를 삭제하겠냐는 마지막 경고에 확인 버튼을 향해 손가락을 움직일 때였다.

벨이 울리면서 같은 과 동기의 이름이 화면에 떠올랐다.

"응, 수애야."

ㅡ혜영아! 장 교수님이 너 편입학 추천 지원 학생으로 선정했대!

"뭐라고?"

ㅡ집안 빽으로 밀어붙이던 재수 없는 년이 탈락하고 네가 선정됐다고!

뒤이어 부럽다면서도 진심으로 축하를 해주는 수애의 말을 듣고는 전화를 끊었다.

액정에는 연락처를 삭제하겠냐는 경고 메시지가 계속 떠 있었다.

"이렇게 끝내지 말라는 거겠지?"

저절로 웃음이 나왔다.

"아!"

재빨리 핸드폰에 저장되어 있는 연락처를 검색해서 한 사람의 이름을 찾아냈다.

주저 없이 통화 버튼을 눌렀고, 얼마 지나지 않아서 반가운 음성을 들을 수 있었다.

─혜영!

"에바! 잘 지냈지?"

─나야 잘 지냈지. 혜영은 좀 어때? 편입학은 여전히 힘든 거야?

"사실 그것 때문에 전화를 했어. 에바! 나 미국에서 공부할 수 있을 것 같아!"

─축하해! 진심으로 축하해. 학비 때문에 걱정했었는데 정말 잘됐네. 학교는 어디로 정했어?

"UCLA!"

*　　　*　　　*

─타일러 콜렉 선수! 다시 한 번 100마일의 강속구를 던지면서 크레이그 바렛 선수를 삼진으로 돌려세웠습니다!

메이저리그를 대표하는 파이어볼러라는 명성이 이제는 시들해졌다 싶었는데 여전히 무지막지한 공으로 1회부터 다저스 타자들을 압도하고 있습니다.

—2024년 2번째 사이영상을 수상할 당시만 하더라도 타일러 콜렉 선수는 무려 104마일이라는 믿기지 않는 강속구를 던졌던 선발 투수였죠. 그해 타일러 콜렉 선수의 패스트볼은 말 그대로 알고도 못 친다고 할 정도로 대단한 구위를 자랑했죠.

—하지만 이듬해부터 조금씩 구속이 줄어들지 않았습니까?

—기록을 찾아보니 2025년 최고 구속이 101마일로 기록되어 있군요. 여전히 빠른 강속구를 던졌습니다만, 평균 구속이 96마일로 확 떨어진 부분이 결정적으로 타일러 콜렉 선수의 전성기를 끝냈다고 할 수 있죠. 그렇다 하더라도 2025년 시즌에 17승, 2026년 작년 시즌에도 15승을 거두었으니 샌프란시스코 자이언츠에서는 없어서는 안 될 막강한 선발 투수 중 한 명인 건 사실이죠. 올 시즌에도 벌써 3승을 거두고 있으니 내셔널리그에서는 LA 다저스, 워싱턴 내셔널스, 필라델피아 필리스와 마찬가지로 가장 막강한 1, 2선발 투수를 보유하고 있는 샌프란시스코 자이언츠라 하겠습니다.

—말씀드리는 순간, 코리 시거 선수 좌익수 뜬공으로 물

러나고 말았습니다. LA 다저스의 1회 말 공격도 삼자범퇴로 끝이 나고 말았습니다. 잠시 후에 2회 초, LA 다저스의 수비 차지혁 선수의 투구로 돌아오겠습니다.

카메라가 꺼지자 이어폰을 끼고 있던 이태석 캐스터가 곁에 앉아 있는 박승태 해설위원을 바라보며 말했다.

"오늘 경기도 팽팽한 투수전이 되겠는데요?"

"그러겠지. 차지혁이야 뭐 두말할 것도 없고, 오늘 타일러 콜렉의 구속과 구위가 전성기 시절이라 해도 과언이 아니군. 방금 코리 시거가 작정하고 타격을 했는데도 좌익수를 넘기지 못한 걸 보면 힘이 빠지기 전까지는 어림도 없겠어."

전성기 시절 타일러 콜렉의 구위는 타자들에게는 살인적이었다.

역대 투수들 가운데 타일러 콜렉처럼 본능적으로 자신의 체중을 공에 실을 수 있는 투수가 없다고 평가를 받았을 정도였으니 제아무리 파워가 뛰어났던 타자라도 힘으로는 승부를 볼 수가 없었다.

"잘 맞았는데 구위에 완전히 눌려 버렸죠. 그런데 차지혁 선수가 오늘도 완봉승을 할 수 있을까요? 1회부터 기습 번트를 하면서 어떻게든 흔들어 보려고 하는 걸 보면 쉽지는 않을 것 같은데 말이죠."

박승태 해설위원을 대신해서 곁에 반대쪽에 앉아 있던 고민기 해설위원이 대꾸했다.

"예전부터 강했던 샌프란시스코 자이언츠였지만, 콜 머먼트 감독이 부임하고부터는 더욱더 강한 팀이 된 이유가 바로 그겁니다. 메이저리그에서도 손에 꼽힐 정도로 극소수의 구단에서만 볼 수 있는 작전 야구를 언제든 구사할 수 있으니, 차지혁 투수로서는 오늘 경기 다른 때와 다르게 여러 가지 상황에 대한 대처를 확실하게 대비하고 있어야만 합니다. 지난 경기에서도 콜 머먼트 감독의 작전에 루카스 지올리토 투수가 완전히 무너지질 않았습니까?"

루카스 지올리토가 누구인가?

역대 사이영상을 3차례나 수상한 현재 메이저리그 최강의 투수 중 한 명이다.

그런 루카스 지올리토가 4회를 버티지 못하고 강판을 당했다.

구속이나 구위가 부족해서가 아니라 콜 머먼트 감독의 작전에 완전히 무너졌던 거다.

차지혁이라고 다를 것 없었다.

1회부터 기습 번트가 나오며 너무나도 허무하게 타자를 출루시켰다.

토렌스의 허를 찌르는 견제사로 인해 샌프란시스코 자이언츠의 작전이 물거품이 되고 말았지만, 분명 차지혁을 흔들어 놓을 수 있는 기가 막힌 작전이었다.

"그래도 차지혁이니까 한 번 기대를 해보자고."

박승태 해설위원의 말에 나머지 두 사람 모두 고개를 끄덕였다.

차지혁은 다를 거라는 강한 믿음, 아니 그렇게 믿고 싶은 마음이었다.

*　　　　*　　　　*

올랜더 터너, 샌프란시스코 자이언츠 4번 타자인 그는 올 시즌 고작 28살밖에 되질 않았다. 그러나 벌써 10년 동안 샌프란시스코 자이언츠의 유니폼을 입고 있었다.

18살에 드래프트를 통해 샌프란시스코에 살기 시작한 올랜더 터너는 3년의 마이너리그 생활과 2년의 백업 선수 생활을 거쳐서 정식으로 주전 선수가 되었다.

'타격 능력은 확실히 뛰어나지만, 본능적인 타격이 아니라 기계적인 타격이라고 했었지?'

말 그대로 천재라기보다는 노력으로 지금의 자리에 오른 선수가 올랜더 터너다.

드래프트 당시 장점이라면 성실함과 인성, 깨끗한 기본기가 전부였기에 28라운드에 지명을 받았으니 솔직히 이름 날린 유망주들과는 차이가 컸다.

그런 올랜더 터너였지만 꾸준한 성실함을 무기로 결국 중심 타선까지 올라왔다.

초구는 몸 쪽으로 붙이는 체인지업.

놀라울 정도로 매년 많은 훈련량을 소화해 냈기에 몸 쪽, 바깥쪽을 특별하게 가리지 않고 골고루 잘 치는 올랜더 터너였지만, 그래도 조금 더 확률적으로 타격 성공률이 떨어지는 곳을 고르자면 몸 쪽이었다.

퍼엉!

"스트라이크!"

타격을 한다 하더라도 파울이거나 재수 없을 경우 범타로 처리될 확률이 높은 공이었기에 올랜더 터너는 스트라이크 존을 통과하는 공을 가만히 지켜보기만 했다.

하지만 타석에서 물러나 스윙을 하며 타이밍을 체크하는 모습이 같은 코스의 공을 곧바로 던져서는 안 된다는 걸 분명히 알려주고 있었다.

'몸 쪽 높은 코스.'

토렌스가 요구한 두 번째 공은 몸 쪽 높은 코스의 스트라이크 존을 통과하는 포심 패스트볼이었다.

체인지업의 구속을 보여줬으니 빠른 패스트볼로 타이밍을 흩트려 놓자는 의도였다.

거기에 눈에 확 들어오는 높은 코스의 공이니 잘만하면 내야 뜬공을 이끌어 낼 수도 있었다.

빠르게 날아간 공은 그대로 스트라이크 존을 통과했다.

2스트라이크 노볼 상황에서도 올랜더 터너는 별다른 감정을 드러내지 않았다.

그저 타석에서 물러나 다시 한 번 허공에 스윙을 할 뿐이었다.

'유인구? 아니면 승부구?'

토렌스는 과감하게 승부구를 요구했다.

바깥쪽을 걸치는 컷 패스트볼.

우선 제대로 된 타격을 하기가 쉽지 않았고, 지켜보면 그대로 루킹 삼진이다.

제구에 신경을 써서 토렌스가 원하는 코스로 정확하게 컷 패스트볼을 던졌다.

딱!

올랜더 터너는 가볍게 스윙을 하며 커트만 했다.

이어진 4구 파워 커브 역시도 올랜더 터너는 슬쩍 배트만 휘둘러 커트했고, 5구와 6구마저도 툭툭 건드리며 파울을 만들었다.

자신이 원하는 구종, 코스의 공이 아니라면 얼마든지 커트를 할 수 있다는 듯 배트를 슬쩍슬쩍 갖다 대는 올랜더 터너의 짧은 스윙이 상당히 거슬렀다.

자칫 어설프게 타구가 떠버리거나 헛스윙을 할 수도 있음에도 올랜더 터너는 개의치 않는다는 듯 배트를 휘둘렀다.

탁.

기어이 타구가 토렌스의 머리 위로 떠올랐다.

재빠르게 마스크를 벗어 던지며 타구를 쫓아간 토렌스는 안정적으로 포구하며 올랜더 터너를 아웃시켰다.

'8구.'

올랜더 터너 한 사람에게 너무 많은 공을 던졌다.

작정하고 커트만 하겠다고 배트를 휘둘러 대니 생겨난 결과물이었다.

"후우."

짧게 한숨을 토해내고는 타석에 들어서는 리즈 맥과이어를 바라봤다.

전형적인 대기만성형 선수인 리즈 맥과이어는 샌프란시스코 자이언츠에서 없어서는 안 될 주전 포수였다.

공수에 걸쳐 밸런스가 아주 잘 잡혀 있는 리즈 맥과이어는 골든 글러브나 실버 슬러거와 같은 개인 타이틀과는 거리가 멀었지만, 팀 전체적으로 봤을 때 승리 기여도 자체는 상당히 높았다.

퍼엉!

퍼엉!

순식간에 2스트라이크가 잡혔다.

몸 쪽으로만 파고들었던 공에 리즈 맥과이어는 조금도 반응을 보이지 않았다.

그리고 이어진 3구.

틱!

짧고 간결한 스윙.

스트라이크 존 근처로 향하는 공에 리즈 맥과이어는 망설임 없이 배트를 휘둘렀다.

문제는 그 스윙이 커트가 목적이라는 점이었다.

4구, 5구 역시도 리즈 맥과이어는 짧게 끊어서 스윙을 했다.

2스트라이크 노볼이었지만, 내가 던진 공은 5구.

타석에 선 리즈 맥과이어의 얼굴엔 옅은 미소가 걸려 있었다.

"설마?"

머릿속에 하나의 작전이 스치고 지나갔다.

투구수 늘리기.

전형적으로 선발 투수를 빨리 끌어내리기 위한 가장 효

과적인 작전이다.

　삼진을 당해도 상관없고, 파울 플라이나 내야 뜬공으로 아웃을 당해도 상관없다.

　무조건 2스트라이크까지 내주고 이후부터는 스트라이크 존 근처로 오는 공에 대해서는 커트만 한다.

　자신의 타율을 갉아먹는 작전임에도 샌프란시스코 자이언츠 타자들은 누구든지 수행할 준비가 되어 있었다.

　단 한 사람, 콜 머먼트 감독의 지시가 떨어졌다면 말이다.

　샌프란시스코 자이언츠 더그아웃 쪽으로 시선을 돌리니 푸른 눈동자에 반쯤 벗겨진 대머리의 콜 머먼트 감독이 입 안 가득 넣은 해바라기 씨를 씹어대며 연신 껍질을 뱉어내고 있었다.

　그러다 나와 눈이 마주치자 기분 나쁘게 눈웃음을 지어 보였다.

　"작전이라……."

　역시 만만찮은 샌프란시스코 자이언츠였다.

＊　　　＊　　　＊

　"수고했다."

　긴 이닝을 마치고 들어오자 형수가 나를 반겨줬다.

건네주는 음료수를 받아들며 물었다.

"이번에 던진 공이 몇 개야?"

내 물음에 형수가 곧바로 대답을 해줬다.

"25개. 진짜 무진장 던졌다."

형수가 고개를 절레절레 저었다.

한 이닝에 25구라니.

이렇게까지 상대팀에게 끌려 다닌 적이 있었나 싶을 정도로 진이 빠졌다.

샌프란시스코 자이언츠의 타자들은 정말 끈질겼다.

기본적으로 2스트라이크는 무조건 먹고 시작했다.

이후부터는 넓게 스트라이크 존을 형성하고 비슷하다 싶은 공은 툭툭 배트만 갖다 대며 커트를 했다.

작정하고 커트만 해대니 유인구를 던져도 소용없었다.

전력으로 공을 던지면 그나마 삼진을 잡을 틈이 생겼고, 실제로도 많은 수의 삼진을 잡고 있었지만 문제는 그로 인한 체력적인 부담이 커진다는 사실이다.

고작 4회 초를 마쳤을 뿐인데 벌써 투구수가 73구였다.

'좋지 않아.'

이건 정말 좋지 않다.

이런 상황이 계속해서 유지된다면 6회를 넘기는 것이 고작이다.

방법을 찾아야 한다.

안타를 치겠다는 생각 자체를 버리고 삼진을 당하더라도 내 투구수를 늘리겠다 마음을 먹고 있는 샌프란시스코 자이언츠의 타자들을 상대로 확실한 무언가가 필요했다.

그런데 과연 그런 방법이 있을까?

상대는 메이저리그의 타자들이다.

작정하고 커트만 하고 나오겠다며 타석에 들어선 이상 뾰족한 방법이 없는 건 사실이다.

"지독한 놈들이야. 삼진조차 두려워하지 않으니까."

형수가 질려 버렸다는 수비에 나선 샌프란시스코 선수들을 바라보고 있었다.

솔직히 나 역시 질려 버렸다.

팀의 승리를 위해 개인의 성적 하락마저도 감수할 수 있다는 샌프란시스코 자이언츠 선수들의 똘똘 뭉친 집념에 박수를 쳐주고 싶을 정도다.

개인 커리어를 중요하게 여기는 메이저리그 타자들이 저런 모습을 보일 수 있다는 것 자체가 놀랍기도 했다.

'콜 머먼트 감독에 대한 신뢰가 그만큼 대단하다는 뜻이겠지.'

음료수를 마시며 타자들의 상대법을 생각하던 내 곁으로 유혁선 선배가 다가왔다.

가볍게 내 어깨를 주물러주며 유혁선 선배가 말했다.

"짜증나지?"

"예."

솔직하게 감정을 드러냈다.

커트만 해대는 상대팀 타자들의 행동에 신경질도 났다.

지금의 경기는 정정당당하게 승부를 보지 않는 거다.

선발 투수인 나를 빨리 마운드에서 내려 버리고 다른 불펜 투수를 상대하겠다는 노골적인 회피다.

물론, 내 입장에서나 정정당당하지 않게 보일 뿐이지 상대팀 입장에서야 하나의 작전이니 수치스러울 것도, 부끄러워할 이유도 없었다.

그렇기 때문에 무엇보다 짜증나는 건 저런 상대방의 행동을 억제할 수가 없는 내 자신이었다.

무기력하게 상대방의 장단에 끌려가는 내 모습이 낯설기도 했다.

"쳐버려."

"예?"

"치라고 주라고."

유혁선 선배가 예의 장난기 가득한 얼굴로 웃었다.

"네 공이 무서워서 피하겠다는 놈들을 상대로 굳이 너만 힘 뺄 필요 뭐 있어? 그냥 치기 좋게 던져 줘. 어차피 그라운드 안으로 들어온 타구가 안타가 될 확률은 3할이면 높은 편이야. 한 이닝에 25개나 되는 공을 던지는 것보다 차라리 안타 2번 정도 맞는 게 낫질 않겠어? 물론 장타가 나오면 실점을 하게 될 테니까 위험하지만, 그건 투수인 네가 조절할 부분이고."

딱히 틀린 소리는 아니다.

타자의 타율이 3할만 되도 고평가를 받는 이유는 그만큼 안타를 만들어내는 것이 쉽지 않기 때문이다.

포수를 제외한 8명의 수비수들을 피해 안타를 만들어 낼 확률은 그리 높지 않다.

막말로 커트하겠다고 타석에 선 타자들도 치기 좋은 공이 날아오면 욕심을 부릴 수밖에 없다.

'균열, 그리고 붕괴.'

콜 머먼트 감독의 커트 작전이 있었다 하더라도 메이저리그 타자라는 자존심이 아예 지워진 건 아니다.

치기 좋은 공이 날아오는데도 커트를 한다?

아무리 억누른 자존심이라 하더라도 쉽지 않은 행동이다.

또한 반대로 생각하겠지.

여기서 한 방 제대로 터트려 주면 나를 더 쉽게 무너트릴 수 있다고.

그렇게만 된다면 타자들 입장에서도 지긋지긋한 커트 작

전을 더 이상 할 필요가 없어진다.

한두 명의 타자들이 감독의 작전을 무시하게 되면 탄탄한 응집력에 균열이 일어나고 결국은 붕괴되고 만다.

하지만 위험 부담도 크다.

안타를 내준다 하더라도 단타만을 쳐야 하는데 그게 과연 쉬울까?

타구를 내 마음대로 조종할 수 있는 초능력이라도 있다면 모를까, 맞춰 잡는 것도 아니고 대놓고 치라고 던지는 공이 단타만으로 끝날 리가 없다.

"한 가지 확실한 건 이대로 끌려 다니면 넌 7회에 마운드에 올라갈 수가 없다는 사실이야. 물론, 선발 투수가 6회를 무실점으로 막아주는 것도 나쁜 건 아니지. 그런데 넌 차기 에이스를 노리는 고액 연봉자잖아? 무엇보다 다른 구단에서도 이런 식으로 널 공략하기 시작하면 그때는 걷잡을 수가 없을 거다. 당장이 아니더라도 지금과 같은 상황에서의 해법은 반드시 찾아야만 해."

유혁선 선배의 말에 나는 아무런 말도 하지 않았다.

'해법. 진창으로 빠져 들어가는 내 몸을 탈출시킬 수 있는 방법.'

그걸 찾아야만 한다.

딱!

타구를 쪼개는 소리와 함께 관중들의 환호성이 울려 퍼졌다.

미치 네이의 한 방이 터졌다.

타일러 콜렉의 위력적인 패스트볼을 유일하게 안타로 만들어냈던 미치 네이가 두 번째 타석에서는 아예 홈런을 날려 버렸다.

한쪽 팔을 머리 위로 번쩍 치켜들고는 베이스 런닝을 하는 미치 네이의 모습에 홈 관중들이 큰 박수를 보내줬다.

첫 번째 득점은 다저스에서 나왔다.

문제는 과연 이 득점을 지키느냐였다.

홈런을 맞기는 했지만, 타일러 콜렉은 나와 다르게 안정적으로 투구수를 관리하고 있었다.

지금과 같은 페이스를 유지한다면 무난하게 8회까지도 마운드를 지킬 수가 있어진다. 물론, 중간에 어떤 변수가 생길지는 모르겠지만.

중요한 건 타일러 콜렉을 상대로 득점이 쉽지 않다는 점이고, 그건 곧 선발 투수인 내가 마운드를 내려가는 순간 샌프란시스코 자이언츠의 거센 반격이 시작됨과 동시에 승리를 유지하기 힘들 수도 있다는 거다.

결국은 선발 투수인 내가 7회까지는 버텨야 한다는 소리.

4이닝 동안 73구를 던진 내게 무척이나 힘든 일이다.

미치 네이가 솔로 홈런을 날렸지만, 다음 타자인 빌 맥카티는 삼진을 당하며 이닝이 종료됐다.

1실점을 했음에도 타일러 콜렉의 표정은 여전히 자신감이 가득했다.

더 이상 실점을 하지 않을 수 있다는 자신인지, 잘 맞은 홈런에 대한 미련을 깨끗하게 털어낸 여유인지 알 순 없었지만 최소한 상위 타선이 돌아오는 6회 말 다저스 공격까지는 저 표정이 바뀌지 않을 것 같았다.

5회 초 수비를 위해 마운드로 나가려는 나를 게레로 감독이 불러 세웠다.

"실점을 하는 건 상관없지만, 어떻게 실점을 하느냐는 굉장히 중요하다는 걸 알고 있겠지?"

"알고 있습니다."

"저런 조잡한 수에 무너지는 모습을 보여선 안 되네. 자네는 앞으로 우리 다저스의 미래야."

격려와 동시에 부담감도 주는 게레로 감독이었다.

마운드로 향하며 어떻게 투구를 해야 할지, 어떤 식으로 타자들을 공략할지 수많은 생각들을 했지만, 마운드에 올라서니 머릿속이 깨끗하게 비워졌다.

포수와 일직선상에 서니 내가 해야 할 일, 내가 할 수 있는 일은 결국 하나밖에 없었다.

고개를 돌려 샌프란시스코 자이언츠의 더그아웃을 바라봤다.

여전히 입안 가득 해바라기 씨를 먹고 있는 콜 머먼트 감독의 모습이 보였다.

내가 찾고자 하는 사람은 그가 아니었다.

조금 더 시선을 뒤로 옮기니 커다란 덩치를 웅크리고 앉아 있는 타일러 콜렉이 눈에 들어왔다.

야수, 비스트라 불리는 타일러 콜렉.

구속과 구위만으로 메이저리그를 대표하는 거포들마저 짓누른 투수.

타일러 콜렉이라면 과연 자신의 공을 커트하려는 타자들을 상대로 어떻게 투구했을까?

'그냥 짓눌러 버렸겠지.'

고민할 것도 없다는 듯, 얼마든지 커트해 보라는 듯 무지막지한 강속구를 던져 버렸을 거다.

복잡하게 생각할 것 없다.

상대 타자들은 쉽게 2스트라이크까지 헌납을 하고 있다.

이후부터 집중적으로 커트만 한다.

생각을 전환해야 한다.

상대팀 타자들에게 질질 끌려 다니는 모습이 아니라, 내가 타자들을 압도했다는 걸 보여줘야 한다.

타석에 들어서는 올랜더 터너를 바라보며 차분하게 숨을 골랐다.

어차피 6회까지 공을 던져야 한다면 어렵게 6회를 막는 투수가 아니라, 6회는 확실하게 막아내는 투수라는 인식을 심어줘야 한다.

토렌스와 사인을 주고받고 곧바로 초구를 던졌다.

굳이 체력을 소모할 필요가 없었기에 90마일 초반의 구속으로 제구력에 신경을 써서 바깥쪽 스트라이크를 잡아냈다.

역시 꼼짝도 하지 않고 공을 지켜보는 올랜더 터너였다.

2구는 몸 쪽으로 붙이는 체인지업.

구속은 이전과 확연하게 차이가 날 정도로 떨어져 있었다.

그리고 3구는 강하게 간다.

1, 2구에서 비축했던 체력을 3구에 집중한다는 생각으로 커트조차 쉽지 않을 강력한 패스트볼.

쐐애애애애애액!

부— 웅!

퍼— 어엉!

약간 높은 코스였지만, 스트라이크 존 인근으로 날아오는 공이었기에 올랜더 터너의 배트는 예상대로 곧바로 반응했다.

전광판에 찍힌 구속은 101마일.

처음으로 인상을 찌푸리고 날 바라보는 올랜더 터너의 모습에 당당하게 어깨를 펴고 그를 내려다봤다.

자신감.

타자들이 뭘 하더라도 얼마든지 상대할 수 있다는 자신 감, 그리고 무슨 짓을 하더라도 날 넘어설 수 없다는 위압 감을 드러냈다.

타일러 콜렉처럼 처음부터 힘을 쏟을 필요 없이 완급 조 절을 하며 확실하게 마지막 결정구를 던진다.

체력 소모를 최대한으로 줄이면서 투구수도 깎아 내린다.

내가 찾아낸 방법이었다.

'해보자. 내 투구수가 먼저일지, 이닝 종료가 먼저일지. 끝까지 가보자.'

더 이상 끌려 다니지 않겠다는 강한 의지를 다졌다.

Chapter 3

　―스윙! 데릭 힐 선수 무릎 높이를 살짝 스치고 지나가는 100마일의 포심 패스트볼에 결국은 헛스윙을 하며 삼진을 당하고 맙니다! 차지혁 선수 정말 대단합니다! 이것으로 오늘 경기 14개째 탈삼진을 기록합니다. 더불어 방금 던진 공이 차지혁 선수의 100구째 투구가 되었습니다. 아쉽게도 오늘 경기에서는 완봉승을 기대할 수 없을 것 같습니다.

　이태석 캐스터의 말을 곧바로 박승태 해설위원이 이어받았다.

　―결국 우려하던 대로 차지혁 선수의 투구수가 오늘 경

기의 발목을 잡을 것으로 보이네요. 그래도 5회부터 아주 공격적인 투구로 투구수를 조절했기에 7이닝에도 마운드에 오를 수 있었다고 봅니다. 샌프란시스코 자이언츠로서는 아쉬울 테죠. 4회까지 차지혁 선수의 투구수를 73구까지 늘려놨었는데, 5회부터 뜻대로 이뤄지지 않아 결국은 7회에도 차지혁 선수가 마운드에 올라왔으니 쉽게 풀리지 않는 경기라는 걸 절감하고 있을 겁니다.

—그렇습니다. 차지혁 선수가 4회까지는 샌프란시스코 자이언츠 타자들에게 끌려가는 느낌이 강했는데, 5회부터는 완전히 달라지질 않았습니까?

고민기 해설위원이 고개를 끄덕이며 입을 열었다.

—최대한 차지혁 선수의 투구수를 늘리겠다는 샌프란시스코 타자들의 생각을 완전히 역으로 이용했다고 보시면 됩니다. 우선적으로 무리하지 않고 2스트라이크를 만들어 둔 상태에서 승부구를 던지면서 타자들의 배트를 이끌어 냈습니다. 결과적으로 5회, 6회 차지혁 투수를 상대한 상대 타자들은 모두 삼진을 당했습니다. 하지만 마지막 승부구에 온 힘을 실어 던지는 바람에 차지혁 선수의 체력 부담이 눈에 띌 정도로 커진 것 또한 사실입니다.

—고민기 해설위원께서 말씀하신 것처럼 확실히 마운드 위에 서 있는 차지혁 선수의 상태가 평소보다 훨씬 피로해

보이고 있습니다. 투구수는 100구지만, 4회까지 끌려 다니면서 소모한 체력과 5회부터 승부구에 집중을 하면서 쏟아부은 체력 소모가 상당한 듯합니다. 5회부터 지금까지 차지혁 선수가 승부구로 던진 패스트볼들의 평균 구속이 100마일입니다. 이것만 보더라도 차지혁 선수가 얼마나 온 힘을 다해 공을 던지고 있는지를 알 수 있을 것 같습니다.

─게레로 감독 타임을 요청하고 마운드로 올라가네요. 100구를 던졌다 하더라도 차지혁 선수의 체력을 생각했을 때, 아웃 카운트 2개를 남겨두고 교체를 할 것 같지는 않으니 조금이라도 시간을 벌며 체력을 회복시켜 주려는 의도 같네요.

─그런 것 같습니다. 마운드에 오른 게레로 감독은 차지혁 선수와 대화를 나누고 있지만, 교체랑은 무관해 보입니다. 이 모습에 샌프란시스코 자이언츠의 콜 머먼트 감독이 얼굴을 찌푸리고 있습니다만, 이런 식으로 투수의 체력을 조금이라도 회복시켜 주는 건 누구나 하는 일 아니겠습니까? 지금까지 5경기에 선발로 등판해서 모두 완봉승을 거둔 차지혁 선수였기에 6번째 완봉승에 대한 많은 팬들의 기대가 있었을 겁니다만, 오늘 경기에서는 아무래도 완봉승을 기대할 수 없을 것 같습니다. 하지만 지금 당장 마운드에서 교체가 이뤄진다 하더라도 2 : 0으로 다저스가 이기고

있으니 승리투수 자격은 충분합니다. 결국 게레로 감독 너무 오랜 시간 마운드에 있었기 때문인지 심판의 경고를 받은 후에야 천천히 마운드를 내려옵니다. 다시 경기가 재개되며 타석에는 2번 타자 마틴 배긴스 선수가 들었습니다. 오늘 경기에서 1회 초, 깜짝 기습 번트로 출루에 성공했지만 토렌스의 눈부신 견제로 아웃을 당한 이후로는 1루 근처에도 가보지 못하고 있습니다.

　—마틴 배긴스 선수 역시 데릭 힐 선수만큼이나 조심해야 할 타자죠. 1회에서도 보여줬다시피 상대팀이 조금만 방심을 하면 어떤 식으로든 출루를 하는 타자라 집중을 해야 합니다.

　—스트라이크! 차지혁 선수 어렵게 생각하지 않고 쉽게 원 스트라이크를 잡아냈습니다. 샌프란시스코 자이언츠 타자들도 대단합니다. 더 이상 커트 작전이 통하지 않는다는 걸 알면서도 끈질기게 커트 작전으로 물고 늘어지는 걸 보면 말입니다. 차지혁 선수 제2구 던졌습니다. 아! 마틴 배긴스 선수 다시 한 번 기습 번트를 댔습니다! 원 스트라이크 상황에서 갑작스런 기습 번트! 코스가 좋습니다! 3루수 코리 시거 선수가 빠르게 움직였지만, 아… 역시 빠른 발을 가진 마틴 배긴스 선수 다시 한 번 출루에 성공을 하고 맙니다.

―이래서 집중을 해야 한다고 말을 한 거죠. 마틴 배긴스 선수는 타석에 들어서기 전부터 이런 상황을 머릿속에 그려놨을 가능성이 아주 큽니다. 차지혁 선수가 적당하게 스트라이크를 잡으러 들어올 거라는 걸 미리 예상하고 기습 번트를 댄 거죠.

　―다시 한 번 1루에 발 빠른 마틴 배긴스를 출루시킨 차지혁 선수, 타석에 들어서는 3번 타자 길버트 라라 선수를 바라보곤 모자를 벗어 땀을 닦아내고 있습니다. 지금까지 전 타석 삼진으로 길버트 라라 선수에게 압승을 거두고 있습니다만, 결코 방심해선 안 되는 타자가 바로 길버트 라라 선수입니다. 차지혁 선수 과연 이번 위기를 잘 넘길 수 있을 것인지, 7회만 무사히 넘기면 쉽지 않았던 오늘 경기 승리 투수 요건을 달성 한 상태에서 47이닝 연속 무실점 기록을 이어나갈 수 있습니다. 포수 토렌스 선수와 사인을 주고받은 차지혁 선수, 1루 주자를 쳐다본 후에 빠르게 공을 던졌습니다!

＊　　　＊　　　＊

　한 경기에 두 번씩이나 기습 번트로 출루를 할 줄이야.
　정말 완벽하게 당했다.

나와 토렌스를 완전히 바보로 만들었고, 덩달아 두 번씩이나 기습 번트로 출루를 한 마틴 배긴스에겐 할 말이 없었다.

　아무리 좌타자라고 하더라도 분명 리스크가 큰 기습 번트였다.

　반대로 생각하면 살아나갈 확률이 저조함에도 불구하고 두 번 연속 성공시킨 마틴 배긴스의 번트 능력에 대해 찬사를 보낼 수밖에 없다.

　아주 살짝 배트를 움직여서 3루로 타구를 굴려 보냈으니까.

　리드폭을 여전히 넓게 가져가는 마틴 배긴스였지만, 이미 1회에 토렌스에게 허를 찔렸기에 똑같은 실수를 되풀이할 리가 없었다.

　여전히 리드폭을 넓게 가져가며 내 신경을 건드리는 마틴 배긴스였다.

　'뛸까?'

　그럴 리가 없다.

　마틴 배긴스의 머릿속에 도루는 분명 없다.

　어설프게 도루를 했다가 아웃이 되느니, 내 눈 앞에서 날 자꾸만 훼방 놓아 타석에 선 길버트 라라에게 도움이 되려고 할 것이 뻔했다.

2점 차 스코어였으니 여기서 날 흔들어 놓기만 한다면 샌프란시스코 자이언츠 타선의 화력상 충분히 승패를 뒤집어 놓을 수가 있었다.

'빠르게 간다.'

눈앞에서 알짱거리는 마틴 배긴스를 무시하고 길버트 라라와의 승부에 집중한다.

사인을 주고받기가 무섭게 초구를 던졌다.

주자를 내보낸 상태에서 커트 작전을 펼친다?

가능성 없는 작전이다.

자칫 더블 플레이를 만들 가능성만 높아진다.

더욱이 타석에는 샌프란시스코 자이언츠의 믿음직한 3번 타자 길버트 라라다.

아무리 각종 작전에 능수능란한 콜 머먼트 감독이라 하더라도 정면으로 승부를 보게 할 가능성이 높았다.

이미 오늘 경기에서만 3번씩이나 나와 맞상대를 했던 길버트 라라였고, 나는 100구가 넘어가는 투구수를 기록 중이다.

힘이 빠진 투수를 상대로 계속해서 회피하는 작전을 펼치는 건 아무리 콜 머먼트 감독이라도 쉽지 않았고, 무엇보다 길버트 라라의 자존심을 완전히 뭉개 버리는 행위였기에 정면 승부를 허락했을 것이다.

부웅!

배트가 크게 헛돌며 길버트 라라의 상체가 무너졌다.

포심 패스트볼을 노리고 스윙을 했지만, 내가 던진 초구는 파워 커브였다.

'역시 정면 승부네.'

피하지 않는다고 내가 무서워할까?

오히려 환영해야 할 일이다.

적극적으로 공격을 해오는 타자를 상대로 조금만 신경 써서 투구수를 조절하면 다음 이닝에도 마운드에 올라올 수가 있으니까.

초구부터 변화구를 던질 줄은 몰랐는지 타석에 선 길버트 라라는 물론, 1루 주자인 마틴 배긴스도 허를 찔렸다는 듯 고개를 흔들어댔다. 그러면서도 두 사람 다 똑같은 실수는 되풀이하지 않겠다는 듯 눈빛을 빛내며 나를 쏘아봤다.

가장 좋은 건 역시 더블 플레이를 이끌어 낼 수 있는 병살타.

지금 내 상황에서 가장 완벽한 한 수가 될 수 있다.

투구수도 대폭 줄이고, 아웃 카운트를 두 개를 잡아내면서 곧바로 이닝을 종료시킬 수 있으니까.

마틴 배긴스의 발이 빠르긴 하지만 길버트 라라의 발이 느리기 때문에 어느 정도 내야수의 수비 범위 안으로만 타구가 굴러가면 충분히 병살타를 이끌어 낼 수 있었다.

'컷 패스트볼.'

토렌스도 나와 같은 생각을 했는지 우타자인 길버트 라라의 몸 쪽으로 붙이는 컷 패스트볼 사인이 나왔다.

여기서 병살타가 나온다면 말 그대로 금상첨화.

1루 주자인 마틴 배긴스를 담담하게 바라보다 빠르게 공을 던졌다.

구속은 대략 90마일 초반.

평균 구속이 95마일이라는 걸 생각하면 확실히 구속이 떨어지긴 떨어졌다. 그러나 제구력에는 아무런 문제가 없었다. 오히려 무리하게 구속을 끌어올리지 않으며 정확하게 공을 던지려고 집중했기 때문인지 토렌스가 요구한 방향으로 오차 없이 공이 들어갔다.

퍼엉!

"스트라이크!"

방금 컷 패스트볼은 정말 완벽했다.

길버트 라라도 고개를 절레절레 저었다.

현재 길버트 라라가 서 있는 자리에서는 아무리 잘 친다 하더라도 커트밖에 할 수 없는 공이었다. 재수 없으면 어설프게 3루나 유격수 방면으로 땅볼이 나와 병살타가 발생할 수밖에 없는 코스의 공이었다.

2스트라이크 노볼 상황에서 마틴 배긴스는 위험할 정도로 리드폭을 늘리며 내 신경을 긁어댔다.

타자인 길버트 라라의 상황이 좋지 못하니 어떻게든 날 자극하려는 모습이니 팀플레이를 얼마나 효과적으로 생각하는 선수인지를 충분히 알 수 있었다.

'도루가 아닌 이상에야 신경 쓸 필요가 없겠지. 하지만.'

토렌스에게 사인을 보냈다.

1루로 송구를 해달라는 사인을 보내자 토렌스가 살짝 고개를 끄덕였다.

볼 하나를 내준다는 생각으로 바깥쪽 빠지는 코스로 포심 패스트볼을 던졌다.

주심의 판정에는 관심도 없다는 듯 토렌스가 재빨리 포수 미트에서 공을 꺼내 1루로 송구했다.

촤아아악.

아슬아슬했지만, 명백한 세이프.

1루수 미치 네이는 아쉽다는 듯 토렌스를 향해 엄지손가락을 세워 보이고는 내게 공을 던져 줬다.

다시 한 번 똑같은 상황이 되풀이되면 오늘 경기에서 승리한다 하더라도 마틴 배긴스는 얼굴 들고 다니기가 힘들어진다.

팬들에게 먹을 욕, 스스로 자책하게 될 상황까지 생각하면 며칠은 끔찍하다 싶을 정도로 악몽에 시달릴지도 모른다.

효과는 바로 나타났다.

조금 전보다 확실하게 리드폭이 줄어들었다.

이제 남은 건 길버트 라라였기에 토렌스가 보내오는 사인을 확인했다.

토렌스가 보내온 사인은 두 번째 공과 같았던 똑같은 코스의 컷 패스트볼이었다.

길버트 라라의 스탠스와 그 위치가 조금도 변하지 않았다는 걸 확인하고는 글러브 안에서 공을 쥐었다.

'이걸로 끝내자.'

길버트 라라를 삼진으로 잡는 것도 나쁘진 않지만, 이왕이면 병살타를 유도하기 위해 조금 더 신경을 쓰다 보니 공을 던지는 순간 과도하게 손가락 끝에 힘이 실리고 말았다.

결과는 코스 이탈.

토렌스가 원하는 코스보다 한참이나 아래로 떨어지는 명백한 볼이었다.

그런데 타석에서 공을 기다리던 길버트 라라의 어깨가 움직였다.

'헛스윙이다.'

컷 패스트볼의 궤적은 완전한 볼, 길버트 라라의 무릎 밑으로 떨어지는 아주 낮은 볼이었다. 보나마나 크게 배트가 헛돌며 스윙 삼진을 당할 거라고 확신이 들었다.

길버트 라라도 배트를 휘두르다 급격하게 아래로 떨어지는 공에 딱딱하게 얼굴을 굳혔다. 그러나 이미 배트를 회수하기에는 너무 늦어버렸다는 걸 알기에 그는 오른쪽 무릎을 땅에 닿을 정도로 굽히며 스윙 각도를 조절했다.

말 그대로 본능적인 행동이었다.

따— 악!

골프체가 공을 걸어 올리듯 완전한 어퍼 스윙으로 타구를 날려 버리는 길버트 라라였다.

"…하!"

급히 고개를 돌려 타구를 바라보니 좌익수를 보고 있는 마이크 트라웃이 타구를 따라 뒤로 달리다가 펜스에 어깨가 닿자 가슴까지 올렸던 글러브를 아래로 떨어트렸다.

첫 번째 피홈런.

그것도 말도 안 되는 볼을 그대로 걸어 올린 것이니 내가 잘못 던졌다기보다는 괴물 같은 파워와 감각적인 스윙으로 홈런을 만들어 버린 길버트 라라를 칭찬해야 할 일이었다.

때때로 하이라이트 장면처럼 TV에서 보여줬던 말도 안 되는 홈런을 맞은 거다.

두 손을 불끈 쥐며 베이스 런닝을 하는 길버트 라라를 바라보며 나는 헛웃음이 나왔다.

2점차 리드가 순식간에 동점으로 맞춰지고 말았다.

더그아웃에서 지시를 받은 토렌스가 마운드로 올라왔다.

"운이 나빴어."

토렌스가 그렇게 말하며 내 어깨를 두드렸다.

"그걸 홈런으로 만들다니 할 말이 없군."

코리 시거도 고개를 저었다.

"어떻게 할까? 그만 내려갈래?"

그러겠다는 말 한마디면 토렌스는 더그아웃에 신호를 보낼 것이고, 그럼 감독이 투수 교체를 하기 위해 나올 것이다. 이미 한 차례 마운드에 올라왔었기 때문에 또다시 올라오면 무조건 교체를 해야 하는 상황이라 토렌스가 대신해서 내 의중을 물어보는 거였다.

이 정도의 호의를 받는 신인 투수는 없었다.

"7회까지는 마무리하죠."

내 말에 토렌스는 물론, 내야수들도 군소리 없이 자신의 자리로 돌아갔다.

"후우우우."

처음으로 홈런을 맞으며 실점까지 했지만, 생각보다 상태는 멀쩡했다.

아무리 투수가 잘 던져도 타자가 잘 치면 어쩔 수가 없는 일이다.

이미 맞아버린 홈런에 대해서 미련을 가질 필요는 없었다.

'투 아웃만 잡고 내려가자.'

오늘 경기를 마무리하기 위해 로진백을 주물렀다.

＊　　　＊　　　＊

5회 연속 완봉승 실패.

아쉽게도 메이저리그 기록인 6회 연속 완봉승을 코앞에 두고 멈추고야 말았다.

1968년 돈 드라이스데일이 세웠던 6회 연속 완봉승을 눈앞에 두고 마침표를 찍은 거다.

그러고 보니 돈 드라이스데일도 다저스에서 영구결번이 되어 있는 대선배다.

샌디 쿠팩스와 함께 활약했던 다저스의 전설적인 투수 중 한 명으로 명예의 전당에도 이름을 올리고 있으니, 옛날부터 다저스는 투수력 하나만큼은 정말 최고 수준이라 불러도 좋았다.

7이닝, 112구.

그리고 2실점.

연속 이닝 무실점 기록도 46.1이닝에서 끝이 나고 말았다.

"괜찮냐?"

형수가 곁에서 조심스럽게 날 바라봤다.

"문제없어."

"그럼 다행이고."

내 대답에 형수는 어색하게 웃고는 더 이상 내게 말을 걸지 않았다.

더그아웃에 있는 그 누구도 내 곁으로 다가오지 않고 있었다.

그럴 것이 굵직했던 두 가지의 기록이 깨져 버렸으니 눈치 없이 내게 다가올 선수가 있을 수 없었다.

대기록들이 깨져 버린 것에 대해서는 나 역시 아쉬운 감정이 컸지만, 이제 막 메이저리그 마운드에 올라온 나였다.

벌써부터 실망해서 안타까워하며 좌절할 이유가 없었다.

지금까지 5경기를 던졌다면 앞으로는 400경기 이상을 던지고자 하는 나였으니 기록 따윈 언제든 다시 달성할 수 있다 여겼다.

부상과 슬럼프에 빠지지 않는 이상 1년 동안 30경기는 꾸준하게 출장을 할 수 있다.

그렇게 15년이면 450경기다.

내 나이가 36살이 된다 하더라도 앞으로 4년 정도 더 활약한다고 했을 때에는 게임 수가 줄어든다 하더라도 500경기는 무난하게 소화할 수가 있게 된다.

물론, 선발 투수로서 기량을 갖추고 있어야 한다는 전제 조건이 붙겠지만 말이다.

하지만 40살이 넘어서도 선발 투수로 활약했던 투수들을 생각하면 나라고 못 할 이유도 없었다.

앞으로 내게 남은 경기는 수백 경기고, 그 기간 동안 내가 달성하게 될 기록들은 무궁무진하게 많아질 수밖에 없다.

오늘 경기에서 홈런을 맞아 연속 이닝 무실점 기록과 연속 완봉승 기록이 깨졌다고 실망할 이유도, 그러고 있을 시간도 없었다.

무엇보다 오늘 경기에서 난 아주 중요한 경험을 했다.

샌프란시스코 자이언츠의 타자들이 나에 대한 공략법을 제시했고, 난 그걸 돌파해야 한다는 것과 타자의 컨디션에 따라서는 내가 던진 말도 안 되는 볼도 홈런으로 만들어 낼 수 있다는 것까지.

아직 내가 성장해야 할 길은 까마득하게 멀었으며, 조금만 주춤거리면 경쟁자들에게 순식간에 따라잡히고 만다는 사실을 경험했다.

비록 처음으로 실점을 했고, 승리투수 요건을 갖추지 못한 상태에서 마운드를 내려오고 말았지만 메이저리그 시즌이 시작되고 정말 소중한 경험들을 얻은 경기임에는 분명했다.

딱!

마이크 트라웃의 끝내기 홈런이 터지면서 1점 차이로 LA 다저스가 승리했다.

승리투수는 되지 못했지만, 팀이 승리했다는 사실 하나만으로도 난 충분히 만족스러웠다.

*   *   *

"승리투수도 되지 못했고, 경기 결과적으로도 차지혁 선수에게 있어 가장 좋지 못한 날인데 굳이 방송에 내보낼 이유가 있을까요? 차지혁 선수만 괜찮다면 차라리 다음 선발 경기 등판을 방송으로 보내드릴 수도 있어요. 차지혁 선수를 응원하는 팬들에게 기쁨을 주기 위해서라도 이왕이면 승리하는 경기가 좋지 않을까 싶은데요?"

경기가 끝나고 집으로 돌아와 인터뷰를 하기 위해 소파에 앉았다.

여전히 황지연 PD는 경기 결과에 대한 아쉬움을 보이고 있었다.

　오늘 새벽부터 찍어뒀던 것들을 모두 폐기하더라도 승리 투수가 되는 모습이 방송으로 나가는 것이 어떻겠냐며 나를 설득했다.

　"모든 운동선수가 항상 이길 수만은 없습니다. 저 역시 마찬가지입니다. 오히려 지금까지의 계속된 승리가 더 이상하게 여겨질 정도겠죠. 오늘 경기를 방송에 내보내지 않는다고 그 결과가 숨겨지는 것도 아니잖아요. 전 있는 그대로를 보여줄 겁니다. 그리고 선발 투수가 7이닝 2실점이면 꽤 호투한 겁니다."

　내가 빙긋 웃자 황지연 PD는 작게 한숨을 내쉬었다.

　"물론 알고 있죠. 하지만 차지혁 선수가 지금까지 메이저리그에 진출해서 승승장구하던 모습만 지켜봐 온 시청자 입장에서는 조금 낯설게 느껴질 수도 있고, 국민성이라는 것도 있잖아요. 이미 국민적인 영웅이 되어 있는 차지혁 선수라서 그 이미지를 괜히 깨고 싶지 않아서 아쉬워서 그럴 뿐이에요. 알잖아요? 익명성이 보장되는 인터넷은 온갖 악플들이 난무하는 곳이라는 걸. 개인적으로 차지혁 선수에게 흠이라도 생길까 걱정되어서 하는 말이에요."

　"황 피디님 말씀은 고맙습니다. 그래도 전 지금의 내 모습을 있는 그대로 보여주는 것이야말로 날 응원하고 지지

해 주는 팬들에 대한 신뢰가 아닌가 싶습니다. 누구 말대로 매번 이기기만 하면 그것도 재미없지 않을까요?"

황지연 PD는 더 이상 할 말이 없다는 듯 픽 웃고 말았다.

"카메라 돌릴까요?"

카메라 감독의 물음에 황지연 PD가 고개를 끄덕였다.

"차지혁 선수, 카메라 돌아갑니다!"

카메라에 빨간 불빛이 들어왔다.

"오늘 경기에서 아쉽게도 승리를 챙기지 못하셨습니다. 더불어 두 가지의 굵직했던 메이저리그 대기록도 중단되고 말았는데, 이 부분에 대해서 솔직한 심정을 말씀해 주시면 고맙겠습니다."

황지연 PD와 첫 번째 인터뷰를 시작했다.

Chapter 4

언론에서는 쉬질 않고 떠들었다.

약점이 없다 여겼던 나에 대한 공략법을 찾았다며 온갖 추측성 기사들을 실시간으로 쏟아냈다.

한편으로는 신인 투수인 내가 메이저리그 양대 리그 전체를 통틀어 가장 인상적인 활약을 해왔구나 싶어 웃음이 나오기도 했다.

커트만으로 투구수를 늘린다면 솔직히 현존하는 그 어떤 선발 투수라도 긴 이닝을 소화할 수가 없게 된다.

아무리 투수가 뛰어나다 한들, 명색이 메이저리그 타자

들이었으니 자신의 타율마저 내던지고 커트만 하고자 한다면 투수로서는 당해낼 재간이 없는 건 사실이니까.

문제는 경기 내용이다.

대다수의 메이저리그 팬들은 결코 원하지 않는 경기 내용이다.

지금까지 메이저리그가 추구해 왔던 야구와도 정면으로 충돌하는 야구다.

거기에 고액 연봉자들이 즐비한 구단들의 경우 선수들의 자존심이 워낙 세기에 쉽게 따라할 수도 없는 작전이었다.

콜 머먼트 감독과 같이 완벽하게 선수단을 장악하고 있는 극소수의 감독들만이 선택할 수 있는 작전인 셈이다.

문제는 커트 작전을 펼치고도 샌프란시스코 자이언츠는 결국 패배를 했다는 사실이다.

4경기 연속 완봉승을 거둔 나를 7이닝 만에, 그것도 2실점으로 끌어내리긴 했지만 결과는 패배.

무엇보다 LA 다저스 언론과 팬들의 집중적인 조롱과 비난을 받아야 했기에 샌프란시스코 자이언츠 언론과 팬들로서도 콜 머먼트 감독의 작전을 부정적으로 바라보는 이들이 상당했다.

결과적으로 승리하지 못하면 커트 작전으로 인한 부정적

인 시선을 피할 수가 없다는 소리다. 덧붙여 승리한다 하더라도 일부 팬들의 조롱과 비난을 감수해야 하기도 했으니 실제로 공략법이라고 나온 것도 경기에서 매번 사용할 수는 없었다.

마지막으로.

"똑같은 수법에 당하지 않아야지."

타자들이 커트만 하겠다고 하면 분명 힘든 경기가 된다.

이건 피할 수 없는 사실이다.

그렇지만 나도 무기력하게 끌려다니면서 당하고만 있을 이유가 없었다.

이미 샌프란시스코 자이언츠와의 경기를 통해 어느 정도 정면 돌파 방법도 찾았다.

다음부터는 상대팀에서 커트 작전을 펼쳐 오면 그날은 6이닝만 막겠다는 생각으로 전력 투구를 할 작정이었다.

6이닝을 무실점으로 막아내고 마운드를 내려간다면 과연 누가 승자일까?

적어도 내가 패자라는 말을 할 순 없을 거다.

그렇게 경기가 누적되면 결국 팬들의 원성이 높아질 것이고, 그때쯤이면 어느 감독도 나를 상대로 커트 작전을 펼칠 수가 없게 된다.

어느 순간 양념처럼 커트 작전을 들고 나올 수는 있어도 한 경기 전체를 끌고 나갈 순 없다는 것이 내가 내린 결론이다.

쓰디쓴 패배라고 할 순 없어도 거칠 것 없이 달려가던 승리 행진이 멈춰지자 그동안 보지 못했던 것들이 하나둘 보였다.

가장 먼저 보인 건 역시 기본적으로 내가 가진 스펙이었다.

분명 내가 가진 투수로서의 스펙은 굉장히 뛰어났다. 하지만 1년 동안 시즌 전체를 압도할 정도가 되기에는 턱없이 부족했다.

샌프란시스코 자이언츠 경기에서 느낀 체력 부족이 그 첫 번째였다.

13이닝 퍼펙트게임을 기록했을 당시만 하더라도 외부적으로 내 체력에 대해서 의심의 눈길을 보내는 사람은 단 한 명도 없었다.

나 역시 그랬으니까.

하지만 작정하고 전력으로 공을 던지기 시작하니 한계 투구수가 명확하게 보였다.

90~100구.

중간중간 완급 조절을 하면서 던진다면 조금 더 늘어날 수 있을지 모르겠지만, 어쨌든 커트 작전에 끌려가지 않기 위해 던질 수 있는 투구수의 한계는 100구 언저리였다.

많다고 한다면 많을 수도 있지만, 내가 원하는 수준에는 미치지 못했다.

'체력을 더 길러야 해.'

선발 투수에게 체력은 기본 중의 기본이다.

한 경기를 이끌어 나가는 바탕이고, 더 넓게 보면 시즌 전체를 소화할 수 있는 능력이니까.

체력을 기르기 위한 가장 효과적인 방법은 역시 런닝이다.

하지만 하루에 소화해야 할 훈련량이 정해져 있기에 런닝 시간을 늘릴 수는 없었다.

시간이 아닌 과정을 변화시켜야 했다.

그 변화를 위해 구단 트레이너를 찾아갔다.

"인터벌 런닝이라고 아시죠?"

LA 다저스 구단 트레이너 코치, 존 슈밀의 물음에 나는 고개를 끄덕였다.

다이어트의 꽃이라 불리는 인터벌 런닝은 굉장히 많은 방법이 있지만, 요체는 간단하다.

전력질주와 가벼운 런닝을 번갈아가며 반복하는 운동이다.

가장 효과적으로 체지방을 감소시킬 수 있으며 체력을

기를 수 있는 달리기 훈련으로 혼자서도 쉽게 할 수 있지만, 워낙 힘들다 보니 전문적으로 육상을 하는 선수들을 제외하면 꾸준히 할 수 없는 훈련이었다.

효과만큼이나 죽을 만큼 힘든 훈련이라고 보면 된다.

"개인적으로 정해진 시간 동안 효과를 보기에 이보다 좋은 운동은 없다고 생각하죠. 문제는 한 번 훈련을 한 선수들이 두 번 다시는 하려고 하지 않으니까 그렇죠. 하하하."

존 슈밀의 웃음 속에는 아쉬움이 가득했다.

"인터벌 러닝을 꾸준히 하게 되면 우선 놀라울 정도로 체력이 증가하죠. 인간의 체력이라 하면 크게 두 부분으로 분류를 할 수 있죠. 근력과 지구력. 크게 봤을 때 이 두 부분을 통틀어 체력이라고 하는데, 인터벌 러닝은 의외로 지구력뿐만 아니라 근력에도 상당한 효과를 주죠."

달리는 것에서 파워를 얻을 수 있다는 존 슈밀의 말에 내가 의아한 듯 그를 바라보자 그는 그럴 줄 알았다며 설명을 시작했다.

학문적 용어를 사용하며 설명을 했기에 전체적으로 쉽게 알아들을 순 없었지만, 요지는 충분히 전달받을 수 있었다.

"전력 질주를 통해 온몸의 근력이 향상된다는 뜻입니까?"

"간단하게 핵심만 말하자면 그렇죠."

기껏 길게 설명을 해놓고 내가 간단하게 물어버리자 존 슈밀이 어색하게 웃었다.

"단거리 육상 선수들의 체형을 떠올려 보면 더 이해가 쉽죠."

단거리 육상 선수들의 몸은 균형이 딱 잡혀 있는 근육질의 체형들이다.

폭발적으로 가속을 하며 온몸의 근육의 힘을 쥐어짜내기 때문이다.

"그렇다고 단순히 전력으로 달리는 것만으로 스프린터들처럼 좋은 몸을 가질 순 없죠. 그들은 우리가 생각하는 것 이상으로 혹독하게 근력 훈련을 하니까요. 단지 인터벌 훈련을 통해 지구력만 길러지진 않는다는 걸 말하는 거죠."

파워 향상에도 도움이 되는 수준이라는 뜻이다.

어쨌든 나로서는 마다할 이유가 없었다.

"당분간 집중적으로 훈련을 받고 싶은데 가능하겠습니까?"

내 물음에 존 슈밀이 흔쾌히 고개를 끄덕였다.

"물론이죠! 언제부터 시작할까요?"

"오늘부터 합시다."

그렇게 간단한 런닝은 지옥의 인터벌 훈련으로 변형됐다.

단 2시간의 인터벌 훈련을 마치고 났을 때 내가 한 가장 첫 번째 생각은.

'그만둘까?'

아주 오랜만에 숨이 턱까지 차오르고 심장과 폐는 터질 것 같은 기분을 느꼈다.

훈련을 마친 내게 존 슈밀은 내일도 할 수 있겠냐며 물었는데, 그의 입가에 걸려 있는 웃음이 다른 방법을 찾을까 고민하던 내 결정을 한순간에 지워 버렸다.

훈련을 하겠다는 내 대답을 듣고 돌아서는 존 슈밀의 눈에는 과연 언제까지 버티는지 지켜보겠다는 듯 호기심이 가득했었다.

스트레칭으로 마무리 운동을 하고 적당히 휴식을 취하니 서서히 체력이 회복되었다.

이제는 두 번째 구종 훈련을 할 때였다.

어제 선발 경기를 뛰었기 때문에 투구를 할 순 없었지만, 각종 영상 자료들을 분석하면서 이론적으로나마 구종에 대한 지식과 훈련 방법을 찾을 수는 있었다.

구단 내에 위치한 전력 분석실을 찾아가 내가 원하는 자료들을 이동용 저장 장치에 카피를 떠서 집으로 돌아갔다.

곧바로 개인 훈련장에 마련되어 있는 사무실 겸 영상 장비가 설치되어 있는 곳에 자리를 잡고 앉아서 자료를 분석하기 시작했다.

*　　　*　　　*

"하아아아아암~"

카메라를 설치하고 그 곁에 앉아 있던 카메라 감독이 하품을 하며 눈물을 찔끔 흘렸다.

눈물을 손바닥으로 스윽 닦아낸 카메라 감독이 고개를 절레절레 저으며 곁에 앉아 있는 황지연 PD에게 말했다.

"벌써 3시간째 저러고 비디오만 보고 있는데 저걸 굳이 찍어야 할까요?"

아무리 생각해도 저런 걸 계속해서 찍을 필요가 있을까 싶기만 한 카메라 감독이었다.

"어차피 카메라를 고정시켜 놔도 상관없으니까 우선은 찍어두고 나중에 적당하게 편집을 해야겠죠."

지루하긴 솔직히 황지연 PD도 마찬가지였다.

하지만 한편으로는 차지혁이 대단하다는 생각도 들었다.

특히 오늘 오전에 있었던 인터벌 러닝 훈련은 지켜보는 것만으로도 끔찍하다는 생각이 날 정도였다.

'그런 훈련을 매일 해야 한다니.'

황지연 PD로서는 차지혁이 자신과 똑같은 인간으로 보이지도 않았다.

숨을 헐떡이며 힘겨워하면서도 끝까지 포기하지 않고 정해진 시간을 모두 채워가는 차지혁의 모습에서 그가 어째서 세계 최고의 프로 야구 무대인 메이저리그에서도 우뚝 서고 있는지를 충분히 알 수 있었다.

'독종도 저런 독종은 없을 거야.'

괜히 온몸이 으스스해지는 황지연 PD였다.

"배고프지 않으세요?"

카메라 감독의 말에 황지연 PD도 살짝 허기가 느껴졌다.

그때, 차지혁이 앉아 있는 사무실 벽면에 설치되어 있는 전화기가 울렸다.

비디오 영상에 완전히 빠져 있던 차지혁은 시선을 여전히 모니터에 고정시키며 손만 움직여 수화기를 들었다.

아주 짧은 통화가 끝나고 차지혁이 비디오 영상을 종료시켰다.

사무실을 나와 가볍게 몸을 풀며 빠르게 스트레칭을 한 차지혁이 황지연 PD와 카메라 감독에게 다가왔다.

"점심 식사하러 가시죠."

"예!"

내 말에 가장 먼저 카메라 감독이 벌떡 일어나며 카메라를 챙겨 들었다.

집으로 돌아가니 늘어난 인원수만큼이나 한 상 가득 푸짐하게 음식이 차려져 있었다.

"배고프시죠?"

가정부인 주혜영의 음식 솜씨는 첫날부터 황지연 PD는 물론이고 카메라 감독과 신입 작가의 입맛까지 완벽하게 사로잡은 상태였다.

"전 오늘 경기가 있어서 먼저 먹고 있었어요. 어서들 앉으세요."

형수의 밥그릇은 벌써 반이나 비워져 있었다.

나야 어제 선발로 경기를 뛰었지만, 형수는 달랐다.

오늘부터 시작되는 애리조나 다이아몬드백스와의 홈 3연전에서 언제든 경기에 바로 투입이 될 수 있도록 대기하고 있어야 했기에 점심만 먹기 위해 집에 들른 거였다.

"저도 배가 고파서 먼저 먹었습니다."

신입 작가까지도 한 자리 떡하니 차지하고 앉아서 밥을 먹고 있었다.

내가 자리에 앉자 황지연 PD와 카메라 감독도 빈자리에 앉아서 천천히 식사를 시작했다.

"역시 혜영 씨 솜씨는 최고입니다!"

카메라 감독이 엄지손가락을 들며 칭찬을 시작하자 너도

나도 한마디씩 했다.

그러다 자연스럽게 주혜영에 대한 관심이 집중됐다.

나이부터 시작해서 언제 미국에 왔는지, 가족 관계는 어떻게 되는지에 대한 질문이 오갔다.

형수야 어느 정도 알고 있는 사실이었지만, 나로서는 처음 듣는 이야기들이었다.

"그럼 언니 혼자 아이를 키우시는 거예요?"

신입 작가의 물음에 주혜영이 웃으며 고개를 끄덕였다.

주혜영의 나이는 32살.

10년 전, 홀로 미국으로 유학을 온 주혜영은 3년 동안 미국인 남자 친구를 사귀면서 자연스럽게 동거를 시작했고 그 과정에서 아이가 태어났다.

정식으로 결혼을 하지는 않았지만, 고아원에서 자라 가족이 없는 주혜영은 자신의 가정이 생겼다는 사실 하나만으로도 무척이나 행복했다고 했다.

하지만 행복은 오래가지 못했다.

총기 사고가 발생하면서 남자 친구가 3년 전에 죽고 홀로 남아 아이를 키우고 있는 주혜영이었다.

"아이가 몇 살이에요?"

황지연 PD의 물음에 주혜영은 5살이고 이름은 힐리나, 한국 이름으로는 소은이라고 했다.

"그럼 누님이 여기서 일하실 때는 누가 소은이를 봐주는 겁니까?"

형수의 물음에 주혜영이 다행스럽게도 미혼모 복지 기관에서 아이를 돌봐주고 있다고 대답했다.

그녀의 대답에 분위기가 가라앉았다.

홀로 힘들게 타지에서 아이까지 키우며 살고 있는 주혜영의 모습이 너무나도 안쓰럽게 여겨졌던 거다.

더욱이 고아로 자란 그녀였기에 아이에 대한 애착심이 얼마나 강한지도 충분히 느껴졌다.

주혜영은 자신으로 인해 분위기가 가라앉자 소은이가 있어서 얼마나 행복한지 모른다며 밝게 웃으며 분위기를 환기시키려고 노력했다.

하지만 이미 그녀에 대한 연민이 짙게 깔려버린 상황인지라 분위기는 쉽사리 바뀌지 않았다.

"누님, 잘 먹었어요."

형수가 가장 먼저 일어났다.

주혜영을 바라보는 눈빛이 다른 때보다도 한층 애틋해져 있었다.

그렇지 않아도 친 누나처럼 여겼던 주혜영이었기 때문인지 형수는 누구보다 마음 아파하고 있는 것 같았다.

"지혁아, 나 간다. 촬영 잘하고."

형수가 집을 나가고 분위기가 무거워지자 신입 작가와 카메라 감독이 애써 재밌는 이야기를 꺼냈지만, 이미 입안의 음식들은 꺼끌꺼끌해져 있는 상태였다.

그리고 한국에서 내 경기를 볼 때마다 가슴을 졸이고 있을 부모님과 지아가 보고 싶어졌다.

보고 싶어도 볼 수 없는 가족들을 떠올리니 야구 선수로 살아간다는 것이 얼마나 소중한 것을 포기해야 하는지 새삼 느낄 수 있었다.

시계를 확인하고는 한국 시간에 맞춰서 전화라도 한 통해야겠다고 다짐했다.

*   *   *

카메라에서 빨간불이 사라졌다.

"촬영 끝내겠습니다! 차지혁 선수 수고 많으셨습니다!"

카메라 감독의 해방감 가득한 외침에 나 역시 인사를 건넸다.

"수고하셨습니다."

"저희야말로 차지혁 선수 덕분에 편안하게 촬영하고 돌아가네요. 나중에 한국에 오시면 꼭 한번 연락 주세요."

손을 내밀며 악수를 권하는 황지연 PD의 모습에 나는 주저하지 않고 손을 맞잡았다.

2박 3일이라는 촬영 기간 동안 그녀는 자신이 한 말들에 대해서만큼은 완벽하게 지켜냈다.

솔직하게 말하면 촬영 내용 중 건질 만한 부분이 얼마나 될지 의구심이 들 만큼 내 일상은 지극히 단순하고, 건조했다.

반복적인 훈련으로만 하루 일과가 이루어져 있다 보니 과연 방송국에서 원하는 장면이 얼마나 될까 싶었다.

'굳이 내가 상관할 부분이 아니지만.'

어쨌든 촬영이 끝났다는 사실에 홀가분한 기분이 들었다.

촬영 장비들을 모두 챙기고 나서야 나는 2박 3일 동안 나를 졸졸 따라다녔던 방송국 사람들과 완전한 이별을 할 수 있었다.

"돌아가서 곧바로 편집 작업을 할 예정이니 늦어도 열흘 이내로 최종 편집 영상이 완성될 거예요. 편집 영상을 확인하시고 조금이라도 거슬리는 부분이 있다면 아무 때나 연락 주세요."

"예."

"그럼, 앞으로도 좋은 활약 지켜보며 항상 응원할게요."

마지막 인사를 마치고 돌아서는 황지연 PD를 가만히 바라보다 다시 내 일상으로 돌아갔다.

* * *

　시간은 빠르게 지나갔다.

　애리조나 다이아몬드백스와의 홈 3연전.

　밀워키 브루어스와의 원정 4연전.

　콜로라도 로키스와의 원정 3연전.

　마이애미 말린스와의 홈 3연전.

　콜로라도 로키스와의 홈 4연전.

　샌프란시스코 자이언츠와의 원정 3연전.

　4월 한 달이 무섭게 지나갔다.

　이 기간 동안 선발 로테이션에 맞춰서 4번 경기에 나섰다.

　16일 밀워키 브루어스와의 2차전에서 8이닝 1실점으로 무난하게 승리 투수가 되었다.

　예상대로 심심찮게 커트 작전을 구사하며 날 흔들어 놓으려고 했지만, 그때마다 구위를 믿고 정면으로 빠른 승부를 걸어 투구수를 효율적으로 줄일 수 있었다.

　하지만 단타와 장타를 하나씩 맞으면서 1실점을 하고 말았다.

21일 콜로라도 로키스와의 3차전에서는 투수들의 무덤이라 불리는 쿠어스 필드에서 혹독한 신고식을 치루고 말았다.

7이닝 3실점.

승리도, 패배도 기록하지 못하는 노디시전이었다.

무엇보다 이날 경기에서 맞았던 2개의 피홈런들이 모두 강한 바람과 구장 특성으로 인해 담장을 넘어가는 걸 보곤 쓴웃음을 지을 수밖에 없었다.

다저 스타디움이었다면 약간 깊숙한 외야 플라이에서 그칠 타구들이었기 때문이다.

그나마 한 가지 위안거리라면 사토시 준과의 천적 관계가 다시 한 번 증명이 되었다는 것이었다.

3타수 무안타.

그중 2개의 삼진을 잡아냈고, 하나의 땅볼로 사토시 준의 타율을 또 깎아내렸다.

마지막 타석에서 삼진을 당하고 잔뜩 일그러진 얼굴로 돌아서던 그의 얼굴이 아직까지도 생생했다.

26일 홈으로 돌아온 콜로라도 로키스와의 2차전에서는 지난 원정 경기에서의 실점을 만회하는 완봉승으로 콜로라도 로키스의 타선을 압도하는 투구 내용을 보여줬다.

복수의 칼을 갈고 나온 사토시 준을 상대로 단 한 번도 출루를 허용하지 않으며 사토시 준의 자존심을 완전하게 짓눌러 버렸다.

오죽했으면 마지막 타석에서는 사토시 준을 대신해서 대타가 나왔을 정도였다.

그렇게 4월 한 달 동안 5경기에 선발로 등판해서 3승(2완봉) 무패의 훌륭한 성적표를 받을 수 있었다.

하지만 아쉽게도 3월에 받았던 내셔널리그 이달의 선수상 수상에는 실패를 하고 말았다.

유력한 후보 중 한 명이었던 나를 뛰어넘은 선수는 세인트루이스 카디널스의 중견수 할 매케인이었다.

4월 한 달 동안 무려 0.523의 타율을 기록했으며, 11개의 홈런과 9개의 도루까지 성공시켰을 정도로 눈부신 활약은 소위 말하는 크레이지 모드를 방불케 했다.

할 매케인의 성적이 워낙 대단하다 보니 자연스럽게 나조차도 뒤로 밀려날 수밖에 없었다.

5월의 시작을 알리는 1일에 열린 샌프란시스코 자이언츠와의 3차전에서는 8이닝 1실점으로 기분 좋은 5월의 첫 승을 거머쥘 수 있었다.

콜 머먼트 감독은 1회부터 4회까지 또다시 커트 작전을 들고 나왔다.

다저 스타디움이었다면 다저스 홈 팬들의 엄청난 야유와

원성을 들었겠지만, 다행스럽게도 샌프란시스코 홈 구장인 AT&T 파크였기에 크게 야유를 받지는 않았다.

하지만 결과적으로 아무런 성과도 내지 못했을 뿐만 아니라 경기에서는 패배까지 하고 말았기에 다음 경기에서 또다시 커트 작전을 구사하기란 굉장히 어려운 상황이 되고 만 콜 머먼트 감독이었다.

오죽했으면 샌프란시스코 지역 언론마저도 콜 머먼트 감독을 강도 높게 비난을 했을 정도였다.

그 후 샌프란시스코 원정 3차전의 마지막 경기까지 기분 좋게 승리하고 다시 LA로 돌아왔다.

"역시 메이저리그 일정은 아주 살인적이라니까!"

형수가 집에 들어서기가 무섭게 소파에 몸을 내던지며 한숨을 내쉬었다.

나 역시 마찬가지였기에 소파에 앉으며 피곤한 몸을 조금이나마 편안하게 풀어줬다.

3월 20일에 시즌이 시작되고 3월, 4월 통틀어서 각각 하루밖에 휴식일이 없었다.

그나마 5월에는 8일, 22일의 이틀의 휴식일이 정해져 있었다.

어째서 메이저리그 스카우트들이 동양인들을 상대로 체

력적인 문제를 꾸준히 제기하는지 알 만했다.

규칙적으로 정해놓은 휴식일도 없고, 장거리 이동을 밥 먹듯이 해야만 하는 메이저리그의 특성상 웬만한 체력으로는 한 시즌을 모두 소화하기가 쉽지 않았다.

형수가 소파에서 몸을 뒤집으며 말했다.

"빨리 7월 달이 왔으면 좋겠다. 그러면 정말 마음 놓고 푹 쉴 수 있을 텐데!"

IBAF 챔피언스 리그가 열리는 7월 달은 유일하게 3주가량의 장기 휴식이 보장되는 기간이다.

물론, 챔피언스 리그에 출전해야 하는 메이저리그 구단의 경우에는 여전히 빡빡한 일정이 기다리고 있지만, 양대 리그를 통틀어 챔피언스 리그에 출전할 수 있는 메이저리그 구단은 10개 구단밖에 없다.

챔피언스 리그 출전 권한은 각 지구 1위와 양대 리그 와일드카드 2순위까지다.

'작년 페넌트 레이스에서 3위를 했으니 올해는 탈락이고, 내년을 노려야 하겠지.'

작년 LA 다저스의 순위는 서부 지구 3위.

그렇기 때문에 올해 7월은 다른 구단들의 경기를 구경만해야 했다.

처음만 하더라도 메이저리그의 모든 구단들은 IBAF 챔피언스 리그를 반기지 않았다.

그렇지 않아도 빡빡한 메이저리그의 살인적인 일정을 더욱더 타이트하게 만들어 버리니 선수나 구단 입장에서는 달가울 리가 없었다.

또한, 이미 세계 야구 대회라는 명목으로 열렸던 월드 베이스볼 클래식(World Baseball Classic), 줄여서 WBC가 큰 인기를 얻지 못했기에 같은 맥락에서 IBAF 챔피언스 리그 또한 다르지 않을 것이라 여겼던 거다.

그러나 결과는 완전히 달랐다.

IBAF 챔피언스 리그에 대한 공격적인 마케팅과 야구의 보급이 맞물리면서 사람들의 생각보다 훨씬 많은 인기를 얻었고, 그만큼 수익률 또한 크게 증가하기 시작했다.

자연스레 메이저리그 구단뿐만 아니라 프로 구단이라면 생각이 달라질 수밖에 없었다.

수익률의 증가는 자연스럽게 대회 규모의 확장, 더불어 높아진 상금의 액수, 무엇보다도 세계적으로 자신들의 구단을 홍보할 수 있다는 점에서 아주 큰 장점을 갖춰 나갔다.

뿐만 아니라, IBAF 챔피언스 리그에 출전한 각 나라의 선수들의 실력을 직접 확인할 수 있었기에 새로운 스타의 등용문으로도 활용되어 이 기간 동안 스카우트들은 바쁘게 움직여야만 했다.

하지만 어딜 가나 빛이 있으면 그늘이 있는 법.

축제나 다름없는 IBAF 챔피언스 리그와 3주가량의 긴 휴식 기간을 누구보다 불안하게 보내는 선수들도 많았다.

트레이드의 달 또한 7월이기 때문이다.

축제와 동시에 메이저리그뿐만 아니라 세계 모든 프로 리그의 구단들은 서로 자유롭게 선수들을 트레이드할 수 있었다.

그렇다 보니 확실하게 팀에서 인정받지 못한, 혹은 트레이드 거부권이 없는 선수들의 경우에는 갑작스런 트레이드 통보를 받을 수도 있었다.

그나마 같은 지역, 아니 같은 나라의 리그로 트레이드를 당하면 다행이었다.

최악의 경우에는 전혀 다른 나라의 리그로 트레이드를 당하기도 했기에 구단 내에서 자신의 입지가 불안한 선수들은 7월 한 달을 굉장히 불안하게 보낼 수밖에 없었다.

오죽했으면 은퇴의 7월이라는 말까지 나돌 정도일까.

나이 들고 기량이 떨어져 타국의 하위 리그로 트레이드를 당하는 선수들 중 일부는 아예 은퇴를 해버리는 경우도 꽤 있었기에 1년 중 가장 많은 은퇴 선수를 배출시키는 달이 7월이기도 했다.

"지혁아, 난 7월에 카롤리나에 갈 거야."

뜬금없이 어딜 가겠다는 형수를 물끄러미 바라봤다.

"어디?"

"카롤리나. 푸에르토리코의 도시야."

"푸에르토리코? 거긴 왜?"

내 물음에 소파와 한 몸이라도 된 듯 누워 있던 형수가 벌떡 몸을 일으켜 앉았다.

"야구 캠프가 있더라고."

속 시원하게 한 번에 말을 잇지 않는 형수의 모습에 내가 한마디를 하자 그제야 녀석이 알아들을 수 있게끔 대답을 해주었다.

"푸에르토리코의 카롤리나에 야구 캠프가 있는데 그곳에서 직접 야구를 가르쳐 주는 코치가 야디어 몰리나라고 하더라고. 네 말대로 토렌스와 친하게 지내다 보니까 알게 됐어. 그래서 알아보니까 구단에서도 어차피 챔피언스 리그 기간 동안은 경기가 없기 때문에 선수가 원하면 2주까지는 개인 휴가나 훈련을 할 수 있도록 편의를 봐준다고 해서 한 번 가보려고."

야디어 몰리나.

메이저리그의 전설적인 포수들과 어깨를 나란히 둘 수 있는 살아 있는 전설이 바로 야디어 몰리나다.

13회 연속 골드 글러브 수상.

이 한 가지의 기록만으로도 야디어 몰리나가 역대급 수비형 포수라는 것에는 아무도 이의를 제기할 수가 없다.

공격적인 측면에서는 역대 공격형 포수들과 비교할 수 없는 수준이지만, 수비적인 측면에서 봤을 때에는 역대 최고의 포수라 불러도 손색이 없었다.

오죽했으면 샌프란시스코 자이언츠가 배출한 최고의 포수 버스터 포지가 공식석상에서 몰리나보다 뛰어난 수비형 포수가 될 자신이 없어 자신은 공격에 힘을 쏟겠다고 했을까.

2020년 38세의 나이로 화려하게 은퇴를 한 야디어 몰리나는 세인트루이스 카디널스의 코치 제안을 거부하고 푸에르토리코로 돌아갔다고만 알려졌다.

그런데 형수의 말을 들어 보니 푸에르토리코에서 야구 캠프를 만들어 제2의 야디어 몰리나를 양성하는 중이었다.

"몰리나가 날 받아줄지 알 순 없지만, 어쨌든 부딪혀 보려고. 혹시 알아? 그곳이 내 인생에 있어 가장 중요한 변곡점이 될지."

변곡점이라.

형수의 말에 나는 그저 희미하게 웃기만 했다.

그 말처럼 형수가 야디어 몰리나를 만나 포수로 가진 재능을 완전하게 개화할 수도 있다.

내가 생각하는 미래는 불확실한 가능성을 지닌 앞날이다.

불가능이 아닌 확실하지 않지만 가능성이 존재하는 것.

그게 바로 내가 생각하는 미래이고, 그렇기에 꿈을 꾸며 미래를 위해 노력하는 거다.

그렇기에 형수가 말한 7월의 계획에 나는 적극적으로 응원해 줄 수 있었다.

Chapter 5

　2, 3, 4일 동안 치러진 샌디에이고 파드리스와의 홈경기에서 LA 다저스는 오랜만에 꿀맛 같은 스윕을 얻어냈다. 반대로 샌디에이고 파드리스는 지난 스토브리그에서 쏟아 부었던 돈이 무색할 정도로 계속된 패배를 기록하며 끝없는 추락을 일삼았다.

　야구라는 스포츠는 그 어떤 종목보다 흐름을 중요시하게 여긴다.

　흔한 말로 분위기라는 걸 무척이나 민감하게 타는 스포츠 경기였기에 오랜만에 시리즈 스윕을 가져온 LA 다저스는 5, 6, 7일에 치러지는 애틀란타 브레이브스와의 원정 경기에서도 좋은 흐름을 가져가고자 했다.

4월 내내 좋지 않은 모습으로 선발 자리마저 위태로웠던 다저스의 5선발 앤디 클레먼트가 반전의 발판을 마련하겠다는 듯 호투를 보이며 1차전에서의 승리로 연승 행진을 이어갔고, 2차전에 등판한 내가 8이닝 1실점으로 역시 연승의 바통을 다음 선발 투수인 포스터 그리핀에게 넘겨줄 수 있었다.

좋은 분위기 속에서 3차전을 맡게 된 포스터 그리핀은 7이닝 4실점으로 승패를 거두지 못했지만, 뒤이어 마운드를 이어받은 불펜들의 활약으로 가까스로 1점 차 승리를 거두며 LA 다저스는 8연승을 질주했다.

8일 하루를 쉬고 5월 9일 마더스 데이(Mother's Day)에 내셔널리그 중부 지구에서 압도적인 1위를 달리고 있는 세인트루이스 카디널스의 홈구장인 부시스타디움(Busch Stadium)에서 첫 번째 시리즈의 1차전이 열렸다.

결과는 0 : 6의 참패.

8연승을 질주하던 LA 다저스의 기세가 완전히 꼬꾸라지고 말았다.

이어진 2차전에서는 다저스의 에이스 필 맥카프리가 마운드에 올랐지만, 그 역시 차갑게 얼어붙은 방망이의 다저스 타자들로 인해 0 : 2로 완투 패배를 당했다.

잔뜩 얼어붙은 분위기 속에서 호기롭게 3차전 마운드에 오른 앤디 클레먼트였지만, 그 역시 세인트루이스 카디널스의 불 붙은 방망이를 피하지 못했다.

8연승 이후 3연패.

무엇보다 스윕을 당했다는 사실이 LA 다저스의 분위기를 무척이나 침울하게 가라앉혔다.

이런 상황 속에서 맞이해야 할 상대는 콜로라도 로키스.

"…쿠어스 필드."

내게 혹독한 첫 경험을 안겨주었던 투수들의 무덤에 다시 올라서야만 했다.

*   *   *

해발 1,610m의 고지대, 낮은 공기 저항과 습도로 인해 메이저리그의 모든 구장을 통틀어 가장 많은 홈런을 양산해 내는 쿠어스 필드는 오늘도 날씨가 화창하다 못해 약간 덥다는 느낌마저 들었다.

"날씨 한 번 참 좋… 네."

형수가 내 곁에서 어색하게 웃었다.

기온이 올라가면 자연적으로 타구의 비거리도 상승한다.

언제나 그랬지만, 오늘은 한층 더 투수에게 최악의 상황을 만들어 주는 쿠어스 필드였다.

7이닝 3실점.

평균자책점 3.86.

쿠어스 필드의 평균자책점이 4.78인 걸 생각하면 충분히 호투를 했다고 할 만하지만 쿠어스 필드에 오기 전까지의 평균자책점이 0.49였다.

한 경기 만에 평균자책점이 두 배 가까울 정도인 0.87까지 치솟았으니 나 역시 쿠어스 필드의 높은 벽을 넘기란 쉽지 않았다.

"바람도 좀 불고 오늘도 고생깨나 하겠다."

눈앞에 고생길이 훤하다는 듯 형수가 내 어깨를 두드렸다.

가볍게 불어오는 바람조차 외야 쪽으로 향하면 투수들은 덜덜 떨어야 하는 쿠어스 필드였으니 구름 한 점 없는 화창한 날씨와 바람까지 더해진 오늘은 지난 경기보다 더 혹독할 것임을 예고하는 듯했다.

가볍게 몸을 풀고 나자 투수 코치가 오늘 경기 양 팀 선발 라인업을 알려줬다.

"카터 노드윈드가 선발인가요?"

"복귀전이지."

콜로라도 로키스의 에이스, 카터 노드윈드가 드디어 돌

아왔다.

작년 시즌 막판에 부상을 당하면서 작은 수술과 재활을 꾸준하게 거쳐 이제야 에이스의 자리를 지키기 위해 돌아온 거다.

"만만한 상대가 아니군요."

"절대 만만한 상대가 아니지."

투수 코치가 무겁게 고개를 끄덕였다.

쿠어스 필드의 철벽.

카터 노드윈드의 별명이다. 투수들의 무덤이라 불리는 쿠어스 필드에서 믿겨지지 않을 정도로 막강한 투수력을 보여주는 선수가 바로 카터 노드윈드다. 그는 쿠어스 필드 통산 평균자책점이 2.07로 말도 안 되는 성적을 유지하고 있었다.

그런데 웃긴 건 카터 노드윈드의 메이저리그 통산 평균자책점은 4.13이라는 사실이다.

'정말 특이한 투수긴 하지.'

올해로 29살인 카터 노드윈드는 어느 구단을 가더라도 2선발은 확실하게 꿰찰 수가 있는 실력을 가지고 있었다. 그런 그가 4년 전, 애리조나 다이아몬드백스에서 콜로라도 로키스로 이적을 했다.

모든 투수들이 거부하는 콜로라도 로키스였지만, 카터

노드윈드에게는 정반대였다.

스스로 쿠어스 필드에서 공을 던지는 것이 더 편하다고 했을 정도로 그는 이적을 하고 난 이후에도 쿠어스 필드에서만큼은 메이저리그 양대 리그의 모든 투수들과 비교해 절대적인 성적을 보여주고 있었다.

콜로라도 로키스 입장에서는 완벽한 승리 투수를 보유하고 있으니 좋았고, 카터 노드윈드로서는 상대 투수들이 무너지는 모습을 보며 승수를 챙길 수 있으니 좋았다.

승률 9할.

카터 노드윈드는 현재 쿠어스 필드에서만큼은 절대적인 강자였다.

저번 경기처럼 7이닝 3실점을 하게 된다면?

'시즌 첫 번째 패배가 되겠지.'

아직까지 패배가 없는 내게 오늘은 가장 위험한 날이 될 수도 있었다.

"아악!"

오늘 경기를 어떻게 풀어나가야 하나 생각하고 있을 때였다.

갑작스러운 비명 소리가 상념을 깨트렸다.

비명 소리가 들려오는 곳을 바라보니 토렌스가 바닥에 주저앉아 오른쪽 어깨를 부여잡고 있었다.

다른 누구도 아닌 토렌스였기에 재빨리 그의 곁으로 다가갔다.

"어깨를 다친 거야?"

배터리 코치의 물음에 토렌스가 그런 것 같다며 고통으로 일그러진 얼굴을 하곤 고개를 끄덕였다.

배터리 코치는 토렌스를 데리고 구단 의료진에게 향했다.

"어쩌다 저렇게 된 거야?"

누군가의 물음에 다른 곳에서 곧바로 답이 나왔다.

"송구를 하다가 갑자기 저렇게 쓰러지던데."

모든 야구 선수들은 어느 순간 공을 던지다가 어깨에서 극심한 통증을 느끼기도 한다.

어느 부분에 정확하게 문제가 생겼는지 알 순 없지만, 중요한 건 저렇게까지 통증이 크게 느껴졌다는 건 장기 부상자 명단에 이름을 올릴 가능성이 무척이나 크다는 사실이다.

토렌스의 빈자리는 크다.

현재 다저스에서 메이저리그 40인 로스터에 이름을 올리고 있는 포수는 형수와 에릭 소리아 두 사람 뿐이다.

그중 집중적으로 토렌스의 후계자로 육성 중인 백업 포수는 형수였으니 그가 오늘 경기부터 시작해서 꾸준하게 마스크를 쓸 기회가 높았다.

아니나 다를까 형수가 코치로부터 어떤 말을 전달받고 있었다.

형수가 둘도 없는 친구라 하더라도 경기 직전 갑작스럽게 포수가 바뀌었다는 건 분명 좋은 일은 아니었다.

'오늘 느낌이 별로 좋지 않은데.'

쿠어스 필드, 그리고 철벽이라 불리는 카터 노드윈드, 토렌스의 공백.

여러 가지로 오늘 승리가 쉽지 않을 것 같았다.

＊　　　＊　　　＊

카터 노드윈드가 마운드에 오르자 콜로라도 로키스 홈 팬들의 환호성이 구장 전체를 뒤흔들었다.

에이스의 복귀.

팬들에게 있어 그것보다 더 즐거운 일이 과연 또 있을까?

카터 노드윈드는 홈 팬들의 격한 환영 인사에 모자를 벗어 가볍게 흔드는 것으로 인사를 대신했다. 당연한 소리지만, 그 작은 행동 하나에 팬들은 더욱더 열광적으로 카터 노드윈드를 응원하기 위해 목소리를 높여댔다.

쿠어스 필드에서 공을 던지면 기본적으로 구속이 상승

한다.

이 한 가지의 사실만 놓고 본다면 어째서 쿠어스 필드가 투수들에게 불리할까 싶지만, 반대로 여기면 답은 나온다.

건조하고 낮은 밀도의 공기로 인해 저항을 덜 받아 구속은 분명 상승하지만 중요한 건 변화구의 변화가 급격하게 줄어든다는 사실이다.

아무리 막강한 패스트볼을 가진 투수라 하더라도 변화구를 던지지 않을 순 없다.

변화구는 말 그대로 타자의 타이밍을 뺏는 투수의 무기다.

그런데 변화구가 평소보다 밋밋하게 나간다면?

투수는 당연히 어설픈 변화구보다는 패스트볼을 던질 수밖에 없고, 타자는 자연스럽게 패스트볼을 노리고 자신 있게 스윙을 가져간다.

수 싸움에서부터 이미 타자에게 지고 들어갈 수밖에 없는 상황이 만들어진다.

뿐만 아니라, 쿠어스 필드는 왼쪽 106m, 중앙 126m, 오른쪽 107m로 무척이나 크다. 그러나 해발 0미터의 구장과 비교하면 타구의 비거리가 10m가량 늘어나기에 실질적인 구장의 크기는 왼쪽 96m, 중앙 116m, 오른쪽 97m나 다름없다.

그뿐인가?

홈런을 의식해서 구장의 크기를 넓혔더니 외야수들의 수

비 범위가 무척이나 넓을 수밖에 없다. 그 영향으로 인해 안타가 잘 나오는 곳이기도 했으니 전체적으로 홈런과 득점이 무려 50%나 상승한다는 전문가들의 평가도 있다.

태양마저 타자에게 향하지 않는 구조를 갖추고 있었으니 이리저리 아무리 봐도 쿠어스 필드만큼 타자들에게 최적의 조건을 주는 곳이 없었다.

펑!

"스트라이크!"

90마일의 빠른 고속 슬라이더에 던컨 카레라스는 고개를 절레절레 저었다.

카터 노드윈드의 고속 슬라이더는 쿠어스 필드에서 말 그대로 무적이라 불러도 좋을 정도로 엄청난 위력을 자랑했다.

여기에 최고 구속 98마일의 포심 패스트볼까지 던질 수 있는 카터 노드윈드는 순식간에 던컨 카레라스를 삼진으로 잡아내며 부상의 후유증따윈 조금도 보이지 않는 완벽한 복귀전을 예고했다.

이어진 대결에서도 카터 노드윈드는 삼진과 땅볼을 이끌어내며 안정적으로 1회를 마쳤다.

"지혁아, 가자!"

형수가 호기롭게 나서며 날 이끌었다.

갑작스럽게 포수 마스크를 쓰게 된 형수였지만, 그런 상황을 싫어할 리가 없다. 오히려, 자신이 선발로 경기에 출장할 수 있다는 사실을 무척이나 기쁘게 여기고 있을 거다.

마운드에 서니 확실히 다른 곳과는 공기부터 달랐다.

공의 표면도 신경이 쓰일 정도로 미끄럽게 느껴졌다.

그나마 휴미더(Humidor)에서 공을 보관해 왔기에 이 정도다.

쿠어스 필드에는 기온과 습도를 일정하게 유지시켜 주는 일명 야구공 냉장고라 불리는 휴미더가 설치되어 있었는데, 그 덕택에 쿠어스 필드의 악명이 아주 조금은 수그러졌다고 했다.

퍼엉!

패스트볼의 구속은 확실히 다른 곳보다 더 나왔지만, 손가락 끝에서 실밥이 긁히는 느낌이 썩 좋지는 않았다.

여기서 제구력까지 떨어진다면 정말 최악 중 최악.

다행스럽게도 제구력에는 문제가 없었다.

경기가 시작되고 타석에 타자가 들어섰다.

1번 타자는 오스카 맥스였다.

올 시즌과 동시에 콜로라도 로키스의 부동의 1번 타자였던 사토시 준은 오늘 경기에서 8번타자에 배치가 되어 있었다. 지난 경기까지도 1번 타자로 타석에 섰으니 나 때문에 처음으로 타순을 변경한 것 같았다.

형수가 사인을 보내고 그대로 초구를 던졌다.

97마일의 포심 패스트볼이 오스카 맥스의 무릎 높이를 지나가며 그대로 스트라이크 판정을 받아냈다.

쿠어스 필드에서 투수가 살아나려면 최대한 낮게 던질 줄 알아야 한다. 무조건 낮은 볼이 능사는 아니지만, 낮은 코스의 공이 완벽하게 제구가 되면 그날은 쿠어스 필드라 하더라도 해볼 만했다.

2구는 컷 패스트볼로 역시나 낮은 코스의 스트라이크 존을 통과했다.

'승부는 빠르게.'

형수와 경기 전 말을 맞춰 놓았다.

고지대인 쿠어스 필드에서는 체력 소모가 굉장히 높았기에 모든 선수들이 경기가 길어질수록 힘들어한다.

특히, 투수와 포수는 더욱 심했다.

오죽하면 더그아웃에 산소 호흡기가 설치되어 있을까.

결정구로 형수와 내가 선택한 공은 파워 커브였다.

평소 파워 커브의 낙차폭이 30㎝였다면, 쿠어스 필드에서는 25㎝로 줄었기에 그 부분을 반드시 머릿속에 넣어둬야만 한다.

'굳이 존을 통과할 필요는 없어.'

승부는 빠르게 가져가지만, 굳이 스트라이크 존에 공을 구겨 넣을 필요는 없었다.

다른 구장이었다면 변화구의 변화를 믿고 존을 공략했겠지만, 쿠어스 필드에서만큼은 그런 모험을 걸 수가 없었다.

지난 경기에서 그렇게 투구를 했다가 홈런을 맞은 것으로 경험은 충분했다.

단순한 외야 뜬공도 홈런으로 만들어 버리는 곳인 만큼, 신중에 신중을 기해야 한다.

부웅!

타자들 입장에서는 어떻게든 외야로 공만 띄워 올리면 어느 정도 승부를 걸어볼 만한 곳이었기에 1번 타자임에도 오스카 맥스는 아주 힘 있는 스윙을 날렸다.

보기엔 참 바보스러운 스윙일지 모르지만, 투수 입장에서는 저런 스윙에 잘못 걸리면 그대로 홈런이 되어버리니 참 기가 막힐 수밖에 없었다.

이어진 2번 타자와의 대결에서는 유격수 앞 땅볼을 이끌어 냈고, 3번 타자인 존 킹슬리를 상대로는 6구까지 던지고 나서야 1루수 땅볼로 이닝을 마칠 수 있었다.

더그아웃으로 돌아와 최대한 몸을 편안하게 만들며 천천히 물을 마셨다.

2회 초, 마운드에 오른 카터 노드윈드는 선두 타자인 트라웃에게 초구만에 안타를 허용하고 말았다. 작정하고 노리고 들어간 트라웃이었지만, 정확하게 타격이 이뤄지지 않아서 장타로 이어지지는 못했다는 게 아쉬웠다.

아무리 카터 노드윈드가 쿠어스 필드의 철벽이라 불린다 하더라도 실점을 하지 않는 건 아니다. 다만, 상대 투수에 비해 그 점수가 적을 뿐.

2회가 시작되면서부터 선두 타자가 출루한 이상 충분히 득점을 기대해 볼 만했다.

모두의 기대를 짊어지고 타석에 선 미치 네이는 황당하게도 초구를 때리면서 유격수 정면으로 타구를 날려 버렸다.

물 흐르듯 자연스러운 수비로 인해 순식간에 2아웃이 되고 말았다.

'2구만에 2아웃이라니.'

마운드에 위에 서 있는 카터 노드윈드를 완전히 도와주는 꼴이었다.

완전히 찬물을 뒤집어씌운 분위기 속에서 타석에 들어선 타자는 형수였다.

빌 맥카티를 밀어내고 6번 타자에 배치된 형수는 상당히 신중한 자세로 카터 노드윈드와 대결을 펼쳤다.

빠른 스피드를 앞세워 좌우 폭을 이용하는 카터 노드윈드의 투구에 형수는 순식간에 2스트라이크 1볼의 상황에

놓였다.

'슬라이더만 조심하면 된다.'

결정구는 슬라이더일 확률이 무척이나 높았다.

카터 노드윈드가 가장 자신 있게 던지는 공이 슬라이더 였으니까.

'슬라이더다.'

내 예상대로 카터 노드윈드는 결정구로 그의 자랑인 고 속 슬라이더를 던졌다.

타석에 서 있던 형수는 포심 패스트볼을 노린 듯 스윙을 하다가 자세가 무너지는 상황 속에서도 억지로 배트 궤적 을 비틀어냈다.

틱.

아쉽다는 눈빛을 보내는 카터 노드윈드와 안도의 한숨을 내쉬며 타석에서 물러나는 형수였다.

'다음에도 슬라이더를 던질 확률이 높겠지.'

2스트라이크 1볼이라는 유리한 카운트였으니 카터 노드 윈드로서는 하나 정도 유인구를 던질 여유가 충분했다.

어김없이 카터 노드윈드는 슬라이더를 던졌고, 다행스럽 게도 형수는 꿈쩍도 하지 않았다.

카운트가 2-2인 상황이었기에 볼 하나 정도 여유가 있 다지만, 카터 노드윈드로서도 여기서 볼을 던지면 풀카운트 상황이 되니 여기서 승부구를 던질 가능성도 있었다.

'포심 패스트볼? 슬라이더?'

무엇을 던질지 나조차도 쉽게 예상이 가질 않았다.

그렇게 생각하는 사이 카터 노드윈드의 손에서 공이 떠났다.

공의 구속이 다르다.

형수의 몸 쪽으로 파고 들어오는 공은.

'체인지업.'

오늘 경기 첫 번째 체인지업이 형수를 잡아먹기 위해 날아왔다.

그런 체인지업을 향해 형수는 이미 허리를 틀며 배트를 휘두르고 있었다.

따악!

살짝 무너진 하체만 보더라도 형수가 체인지업을 예상하지 못했다는 걸 충분히 알 수 있었다.

'타이밍으로 본다면 포심 패스트볼을 노렸어.'

형수의 배트가 빨랐다.

더욱이 떨어지는 공의 궤적을 쫓기에 급급한 형수의 배트 궤적으로 봤을 때, 가라앉으려는 체인지업을 어떻게든 때리겠다는 형수의 의지도 보였다.

이건 분명하다.

그런데 상황이 묘했다.

카터 노드윈드가 던진 체인지업의 궤적 폭이 상당히 적었다. 간단하게 설명해서 10cm가 떨어져야 할 체인지업이 5cm밖에 떨어지지 못했다는 뜻이다.

거기에 구속 또한 타자의 타이밍을 뺏기에는 너무 과하다 싶을 정도로 빨랐다.

덕분에 형수의 배트가 허공을 가르지 않았다.

떨어지는 공을 쫓아서 스윙 궤적을 내리다 보니 오히려 떨어지는 공을 올려치는 모양새가 되고 말았다.

타구가 순식간에 좌측으로 크게 떠올랐다.

체인지업은 분명 투수에게 있어 타자의 타이밍을 뺏기에 가장 훌륭한 공 중 하나다.

그런데 밋밋하게 던져진 체인지업만큼 위험한 공도 없다.

타자가 노리고 쳤을 때는 열에 아홉은 장타를 만들어 내기 가장 쉬운 공이 된다.

'형수의 하체가 무너지긴 했지만, 힘으로 걸어 올렸으니까…….'

형수의 힘은 이미 LA 다저스 내에서도 인정을 받았다.

BA 평가에서도 파워만큼은 65점의 높은 점수를 받은 형수다. 말 그대로 매년 20개의 홈런을 때려낼 힘을 갖춘 선수라는 뜻이다.

평범한 구장에서 20개의 홈런을 때려낼 타자라면 극단적으로 쿠어스 필드에서는 30개까지 치솟는다.

하늘 높이 떠올라 지속적으로 뒤로 밀려나가던 타구는 기어이 좌측 담장을 넘겨 버리고 말았다.

"우아아아아!"

죽어라 베이스 런닝을 하던 형수는 자신의 타구가 홈런이 되는 모습을 확인하고는 그대로 양손을 번쩍 치켜들며 소리를 내질렀다.

마운드 위에 서 있던 카터 노드윈드의 표정이 썩은 사과처럼 변한 건 당연한 일이었다.

실투라고 하기엔 모자라고, 그렇다고 제대로 된 체인지업이라고 하기엔 부족한 애매한 공이 결국은 애매하게 홈런이 되어버린 셈이다.

쿠어스 필드가 아니었다면?

카터 노드윈드의 체인지업이 애매하게 던져졌을 리도 없고, 설령 형수가 지금처럼 걷어냈다 하더라도 좌익수 글러브에 잡혔을 타구였다.

결국은 쿠어스 필드가 카터 노드윈드와 형수의 승부를 뒤집어 버린 거다.

홈 베이스를 밟고 대기 타석에 서 있다가 마중을 나간 빌 맥카티와 힘차게 하이파이브를 하는 형수의 모습을 보며 나도 조심해야겠다고 다시 한 번 느꼈다.

투수와 타자의 승부를 멋대로 뒤집어 놓은 곳에서 내가 공을 던진다는 사실을 다시 한 번 상기하며 더그아웃으로 들어오는 형수를 향해 손을 내밀었다.

"봤냐? 오늘 아무래도 운이 좀 따라주는 날인가 보다! 흐흐흐!"

형수의 웃음 가득한 얼굴을 보며 엄지손가락을 치켜세웠다.

"홈런 축하한다."

"이제는 네 차례다. 쿠어스 필드의 진짜 철벽이 누구인지 제대로 보여줘 버려! 흐흐흐!"

완전 기가 살아난 형수의 모습을 보며 나도 마주 웃었다.

형수와 같은 녀석은 한 번 기세를 타면 무섭게 폭발한다.

적어도 오늘 경기에서 형수가 삽질을 할 가능성은 거의 없다고 보면 됐다.

Chapter 6

2회.

3회.

4회.

그리고 5회.

이닝이 더해질수록 체력 소모가 급격하게 뒤를 따라왔
다.

특히, 3회부터 5회까지 콜로라도 로키스에서 작정하고
커트를 해오는 바람에 쉽지 않은 투구를 해야만 했다.

투구수 자체는 큰 문제가 되질 않았다.

문제는 전력으로 공을 던졌을 때에 동반되는 체력 소모였다.

'인터벌 훈련으로 체력이 증가하지 않았다면 지금쯤 온몸이 축축 처졌겠지.'

4월 중순부터 지금까지 꾸준하게 해온 인터벌 훈련의 효과가 확실하게 느껴졌다.

훈련의 강도가 너무 강했기에 매일 하지 못한다는 점 때문에 언제 효과가 날까 싶었는데, 오늘 경기에서 분명하게 드러나고 있었으니… 확실히 고통이 동반하는 훈련은 그 효과 또한 무척이나 달콤하다는 걸 또 한 번 느낄 수 있게 되었다.

현재 스코어는 2 : 0.

놀랍게도 2회에 홈런을 쳤던 형수가 4회에도 다시 한 번 홈런을 터트렸다.

연타석 홈런으로 오늘 경기에서 가장 뜨거운 주목을 받고 있었다.

경기 직전 선발 명단에 넣지도 않았던 선수가 갑작스럽게 선발이 되고, 연타석 홈런으로 팀의 승리를 견인하고 있으니 자연스럽게 팬들과 방송국 관계자들의 시선이 집중될 수밖에 없었다.

오늘 경기는 전국으로 생중계가 되고 있었다.

기본적으로 이미 전국구 스타인 내가 선발이었고, 쿠어스 필드의 철벽이라 불리며 승률 9할에 이르는 카터 노드윈드의 복귀전이었으니 전국으로 중계되기에 충분했다.

그런데 의외의 인물이 깜짝 활약을 펼치고 있었으니 방송국 입장에서도 이게 웬 떡인가 싶을 거다.

특히, LA 다저스 입장에서는 형수의 활약이 무척이나 반가울 거다.

특급 유격수 유망주였던 마리아 파헬슨을 내주고 데려온 선수가 형수다.

그런 형수가 활약을 해야 구단 입장에서도 트레이드에 대한 좋지 않은 소문들을 잠재울 수가 있기 때문이다. 물론, 오늘 경기에서 형수가 아무리 대활약을 한다 하더라도 전국구 스타로 유명세를 떨치거나, 마리아 파헬슨의 이름을 뛰어넘기는 힘들겠지만 중요한 건 가능성이라는 거다.

장형수라는 백업 포수의 가능성을 오늘 경기에서 확실하게 보여주면 된다.

LA 다저스가 바라는 건 오직 그거 하나뿐이다.

6회 초, LA 다저스의 공격이 시작됐다.

선두 타자는 3번 타자, 코리 시거였다.

비록 2실점을 한 카터 노드윈드였지만, 그는 여전히 위력적인 공을 던지며 콜로라도 로키스의 마운드를 지키고 있었다.

이닝마다 안타를 맞고 있기는 했지만, 실점은 의외로 솔로 홈런 두 방이 전부다.

그만큼 위기관리 능력이 뛰어나다는 뜻이다.

코리 시거를 상대로 카터 노드윈드는 5구만에 3루수 땅볼로 아웃 카운트를 하나 잡아냈다.

몸 쪽으로 파고든 슬라이더를 잡아당긴 것이 빗맞으면서 내야를 벗어나지 못한 결과였다.

'78구.'

현재 카터 노드윈드가 던진 투구수가 78구였다.

2실점에 매 이닝마다 안타를 맞고 있음에도 고작 78구밖에 던지지 않았으니 투구수 관리를 굉장히 잘하는 투수임에는 분명했다.

4번 타자, 마이크 트라웃이 타석에 들어섰음에도 카터 노드윈드는 굉장히 공격적으로 공을 던졌다.

몸 쪽과 바깥쪽을 불규칙적으로 왔다 갔다 하면서 트라웃의 스트라이크 존을 흔들었고, 결정구로는 고속 슬라이더를 바깥쪽으로 던지면서 트라웃의 배트를 이끌어냈다.

헛스윙으로 물러나며 고개를 흔드는 트라웃과 담담하게 마운드 위에서 로진백을 손 전체로 문지르는 카터 노드윈드였다.

2아웃 상황에서 미치 네이가 타석에 섰다.

오늘 경기에서 병살타와 삼진만으로 체면을 구긴 미치 네이의 얼굴에는 결연한 의지가 엿보였다.

요즘 미치 네이의 성적은 말 그대로 엉망진창이다.

눈에 보일 정도로 뚜렷한 하향세를 기록하고 있었기에 그에 대한 트레이드설이 끊이질 않고 제기되고 있는 중이었다.

'게레로 감독이 동의하는 순간 맥브라이드 단장은 7월 트레이드 기간 동안 분명 미치 네이를 트레이드 카드로 써먹겠지.'

34살이라는 나이, 평균 이하의 수비력, 낮은 승리 기여도, 완연한 성적 하락까지 여러 가지로 평균 2,400만 달러라는 거액을 챙겨줄 선수로는 부족했다.

"댈런 브루노라고 텍사스 레인저스 산하의 라운드 락 익스프레스(Round Rock Express)라는 트리플A 팀의 선수가 있는데, 로하 로드리게스 스카우트의 눈에 제대로 찍혔다고 합니다. 차지혁 선수도 아시다시피 믿고 쓰는 텍사스산 1루수 아니겠습니까? 하하하!"

황병익 대표가 했던 말이다.

맥브라이드 단장의 신임을 전폭적으로 받고 있는 로하 로드리게스 스카우트가 제법 적극적으로 댈런 브루노의 영입을 추천하고 있다고 했다.

텍사스에서는 터지지 않고 있지만, 그 잠재력만 제대로 터져 주면 제2의 크리스 데이비스가 될 가능성이 굉장히 크다고 했으니 맥브라이드 단장으로서도 크게 아쉬울 것 없는 미치 네이를 다른 곳으로 팔아 버리는 것도 나쁘지 않을 것 같다 여기는 듯싶었다.

하지만 가능성일 뿐이다.

가능성 가진 유망주를 영입하기 위해 현재 LA 다저스의 주전 1루수를 미련 없이 보내기란 결코 쉽지 않은 일이다.

아무리 구단주의 신망이 두터운 맥브라이드 단장이라 하더라도 미치 네이와 같은 스타 선수를 멋대로 트레이드시키는 일은 위험성이 너무 컸다.

퍽!

타석에 서 있던 미치 네이가 배트를 내던지며 마운드 위의 카터 노드윈드를 죽일 듯 노려봤다.

몸 쪽으로 바짝 붙이려던 슬라이더가 제대로 던져지지 않으면서 몸에 맞은 거였다.

그렇지 않아도 삼진을 두 번이나 당한 미치 네이로서는

짜증이 날 수밖에 없을 것 같았다.

주심이 미치 네이를 다독이자 그가 신경질적으로 1루를 향해 터덜터덜 걸어 나갔다.

기분이 나쁘기는 카터 노드윈드 역시 마찬가지.

삼진을 두 번이나 잡은 미치 네이를 일부러 맞출 이유가 전혀 없었다.

어디까지나 실투였을 뿐.

카터 노드윈드 역시 얼굴을 굳히고는 1루 베이스를 향해 걸어가는 미치 네이를 사납게 쳐다보다 이내 고개를 돌려 버렸다.

2아웃까지 잘 잡아 놓은 상황에서 몸에 맞는 공이 나오며 1루에 주자가 채워졌다.

쉽게 끝낼 수도 있었던 이닝이 끝나지 않은 것만큼 투수에게 짜증나는 일도 없다.

더욱이 미치 네이를 1루로 보내고 나서 맞이하게 되는 타자는 다른 누구도 아닌 형수.

연타석 홈런을 때리며 카터 노드윈드의 자존심을 완전히 짓밟아 버린 형수의 등장에 다저스 원정 팬들이 크게 환호하기 시작했다.

팬들의 환호를 받으며 타석에 들어서는 형수의 얼굴에는 웃음꽃이 활짝 펴져 있었다.

'저런 거 참 좋아한단 말이야.'

질책보다는 칭찬을 해야 잘하는 사람이 있고, 반대로 칭찬보다는 질책을 해야 잘하는 사람이 있다. 형수는 전형적으로 전자였다.

잘하고 있을 때 부족한 점을 지적하면 기세가 꺾이는 타입이고, 못하고 있을 때에는 잘하는 부분을 부각시켜 칭찬과 격려를 해주면 기세가 오르는 타입이다.

그 여느 때보다 자신감 있는 표정으로 타석에 들어선 형수는 확실히 여유가 보였다.

연타석 홈런이라는 게 결코 쉬운 일이 아니다.

더욱이 한 팀의 에이스를 상대로 보여준 일이니 형수로서는 자신감이 생길 만했다.

'얼굴에서 독기가 느껴지네.'

마운드 위에 서 있는 카터 노드윈드의 표정은 글자 그대로 살벌했다.

독이 잔뜩 올라 있는 독사처럼 형수를 노려보는 모습만 보더라도 연타석 피홈런에 대한 분노가 얼마나 큰지 충분히 느껴졌다.

쇄애애액!

퍼— 엉!

"스트라이크!"

초구부터 힘이 잔뜩 들어간 강력한 포심 패스트볼이 들어왔다.

98마일.

'저런다고 기가 죽을 놈이 아닌데.'

내 예상대로 형수는 타석에서 물러나며 스윙을 체크했다.

얼굴은 여전히 희미하게 미소가 걸려 있었다.

고등학교 때부터 형수는 빠른 볼에는 제법 자신을 갖고 있었다.

형수의 말에 의하면 일직선으로 쭉 들어오는 공을 왜 못 치냐는 거였다.

딱히 틀리다고 할 순 없는 말이었지만, 내 입장에서는 쓴웃음이 나올 말이었다.

어쨌든 오늘 경기 중 가장 빠른 공을 던지면서까지 형수의 기를 죽이려고 한 카터 노드윈드였지만, 형수는 조금도 위축되지 않은 모습으로 다시 타석에 섰다.

'설마 또 홈런을 의식하고 있는 건 아니겠지.'

그렇게 생각을 하면서도 한편으로는 형수라면 가능할지도 모른다였다.

기세도 올랐겠다, 오늘 경기에서 완벽한 영웅이 되고자 3연타석 홈런을 노리고 있을지도 모르는 형수였다.

카터 노드윈드의 2구는 다시 한 번 포심 패스트볼이었고, 형수의 몸 쪽을 뚫고 들어갔다.

순식간에 2스트라이크가 되면서 타자에게 극도로 불리한 카운트가 만들어졌다.

여기서 카터 노드윈드가 선택할 수 있는 최고는 뭘까?

연타석 홈런을 때렸다고 하지만 형수는 카터 노드윈드와 비교하면 이름조차 알려지지 않은 무명의 후보 선수일 뿐이다.

그런 선수에게 자존심을 짓밟힌 콜로라도 로키스의 에이스 카터 노드윈드다.

어떤 그림을 만들어 내야만 그나마 무너진 자존심을 세울 수 있을까?

'무조건 삼진. 도망가거나, 유인구는 제외. 정면으로 시원스럽게 삼진을 잡을 수 있는 공.'

순식간에 사인 교환을 끝낸 카터 노드윈드가 3구를 던졌다.

역시 내 예상대로 포심 패스트볼이었다.

그래도 혹시 모른다는 생각 때문인지 코스는 무릎 높이로 낮았다.

빛줄기처럼 쏟아지며 새하얀 궤적의 꼬리를 남기는 카터 노드윈드의 포심 패스트볼을 노리고 형수의 배트가 경쾌하게 돌아 나왔다.

가볍고 시원스럽게 스윙 궤적을 그리는 배트와 다르게 공과 충돌할 때는 아주 묵직했다.

따— 아악!

빙글빙글빙글.

형수는 배트를 그대로 가볍게 돌리며 옆으로 던졌다.

오른손을 번쩍 치켜들며 1루를 향해 뛰어가는 형수와 마운드 위에서 석상처럼 굳어버린 카터 노드윈드의 모습을 번갈아보다 피식 웃었다.

"오늘 완전 날아다니네."

3연타석 홈런.

오늘 경기는 아무래도 형수에게 넘겨줘야 할 것 같았다.

*   *   *

"오늘 기사 메인은 아무래도 장형수 선수로 뽑아야 할 것 같은데요?"

차동호는 후배인 홍석의 말에 당연하다는 듯 고개를 끄덕였다.

"차지혁 선수도 잘 던져 주고 있기는 하지만 오늘 경기를 완전히 주도하고 있는 건 장형수 선수니까."

더해서 이제는 차지혁 한 사람에게만 집중되는 사람들의 관심을 어느 정도는 적절하게 분산시킬 필요도 있다고 생각했다.

장형수에게 대중의 관심이 분산된다고 차지혁에 대한 관심이 줄어드는 것도 아니고, 야구의 전체적인 양적, 질적 팽창을 위해서라도 장형수라는 걸출한 타자의 등장은 반드시 필요했다.

문제는 과연 장형수가 기존에 메이저리그에서 활약을 했던 국내 타자들의 명성을 뛰어넘을 수 있느냐다.

박호찬, 김병환, 최상호, 유혁선.

메이저리그에서 화려하게 비상을 했었던 국보급 투수 4인방이다.

투수로는 그래도 4명이나 메이저리그에서 정상급 활약을 해주며 대한민국 국민들의 가슴속에 자긍심을 심어줬지만, 타자로는 고작 단 두 명뿐이다.

추진수, 강전호.

메이저리그에서 한국인으로서 최초로 1억 달러를 넘어서는 초대형 계약을 이끌어 냈었던 추진수는 어떤 의미에서는 그 누구보다 메이저리그에서 성공한 선수다.

그리고 강전호는 국내 타자로는 최초로 메이저리그에 직행을 했던 내야수로 2015년부터 2023년까지 8년 동안 메이저리그에서 기대 이상의 활약을 하며 아시아 선수도 메이저리그에서 충분히 내야수로 성공할 수 있다는 모범적인 사례가 되었다.

하지만 추진수와 강전호 모두 메이저리그를 대표하는 타자라는 명성을 얻지는 못했다.

추진수의 경우 뭐 하나 흠잡을 것 없는 전형적인 5툴 플레이어였지만, 그렇다고 어느 한 부분에서 특출하다 하기에는 부족했다.

고액 연봉자로서 거기에 부족하지 않은 성적을 유지했지만, 그렇다고 경기 자체를 이끌거나 한 방을 보유한 홈런 타자로서 경기를 뒤집어 놓을 만큼의 파괴력을 갖춘 이미지가 전혀 없었기에 사람들의 머릿속에 강렬하게 각인이 되기가 쉽지 않았다.

강전호 역시 크게 다르지 않았다.

수준급 내야수로서 이름을 떨치기는 했지만, 리그에서 최정상급이라 부르기엔 어려웠다.

그런 와중에 장형수는 메이저리그를 휘어잡을 수 있을지도 모르는 가능성을 선보이고 있었다.

'무엇보다 차지혁 선수와 함께 배터리를 이루면서 중심 타선에 확실하게 자리를 잡는다면……'

생각만으로도 짜릿해지는 차동호였다.

"그렇지!"

홍석이 두 주먹을 불끈 쥐며 환호성을 내질렀다.

TV에서 방금 차지혁이 사토시 준을 상대로 또다시 삼진을 뽑아냈기 때문이다.

"천재니 어쩌니 하면서 지랄발광을 해대더니 꼴좋네! 하하하하!"

무안타.

일본 역대급 재능을 갖춘 천재 타자 사토시 준은 차지혁을 상대로 시즌 내내 단 하나의 안타도 기록하지 못하고 있었다.

그렇다고 사토시 준의 성적이 나쁜 것도 아니었다.

시즌 초반에 비하면 타율이 떨어진 건 사실이지만, 아직까지도 3할 7푼을 마크하고 있었으니까.

분명 루키 시즌임을 생각하면 괴물과도 같은 수준이지만, 문제는 다른 투수들을 상대할 때와는 다르게 차지혁만 만나면 타율이 수직 하락하고 있다는 점이다.

덕분에 일본 언론에서는 의도적으로 사토시 준과 차지혁이 대결을 펼친 날에는 기사를 내보이지 않을 정도였다.

그래봐야 눈 가리고 아웅하는 짓이었지만.

상황이 이렇다보니 국내에서는 모든 조롱거리를 사토시 준에게 비교할 정도였다.

온갖 패러디가 인터넷에 널려 있었고, 반일 감정이 높은 국내 네티즌들 같은 경우에는 일본과 관련된 기사마다 사토시 준에 대한 조롱을 할 정도였다.

사냥꾼 앞에 선 사냥감이라고나 할까?

차동호가 보기엔 그랬다.

차지혁은 사토시 준을 상대로 무척이나 여유롭게 공을 던졌다.

마치, 넌 어떤 방법을 쓰더라도 안타를 칠 수 없다고 이미 확신하고 있는 듯 보였다.

결과적으로 약점이 존재한다는 뜻인데, 메이저리그의 특성상 이런 약점은 머지않아 철저하게 분석되어 공략을 하니 사토시 준의 시즌 막판 타율이 3할을 넘길지조차 의문스러운 차동호였다.

"어쩌면 다음부터는 아예 사토시 준을 라인업에서 뺄 수도 있겠는데요?"

싱글벙글 웃으며 말을 하는 홍석의 모습에 차동호는 피식 웃었다.

일본이라면 이를 박박 갈아대는 사람 중 한 명이 홍석이었다.

조선시대에 만석꾼의 집안이었던 홍석의 집안이 일제강점기가 되면서 일본인들에게 수많은 재산을 강탈당하고,

독립운동까지 하다가 결국은 온갖 고문을 당했다는 집안 어른들이 있어서인지 일본에 대해서는 뿌리 깊은 원한을 갖고 있었다.

"그나저나 이제 슬슬 정리가 되겠네요."

홍석의 말에 차동호 역시 고개를 끄덕였다.

7이닝, 무실점.

투구수는 97개로 짧게는 8이닝, 길게 간다면 9이닝까지도 갈 수 있겠지만, 화면에 보이는 차지혁의 표정엔 피로감이 가득했다.

다른 곳도 아닌 쿠어스 필드라는 점이 아무래도 체력에 부담을 주는 것만 같았다.

"다저스 불펜의 필승조라면 3점 차 리드는 충분히 지킬테니 굳이 차지혁 선수가 무리할 필요는 없겠네요."

현재 차지혁은 LA 다저스의 보물이다.

필 맥카프리라는 에이스가 존재하지만 실질적으로 차지혁을 에이스로 여기는 팬들도 상당수였다.

투수들의 무덤인 쿠어스 필드에서 7이닝 무실점이면 아주 훌륭한 성적표였다.

선발 투수로서의 몫을 200% 해줬다고 보면 된다.

아슬아슬하게 점수 차이가 나고 있다면 모를까, 4점 차의 리드는 차지혁에게 무리를 줄 필요가 조금도 없었다.

"기사 준비할까요? 메인은 장형수 선수로 잡고, 한국 배터리가 쿠어스 필드를 정복했다는 식으로 기사를 쓰면 좋을 것 같은데, 선배 생각은 어떠세요?"

"깔끔하겠네."

차동호가 고개를 끄덕이자 홍석이 곧바로 노트북에 기사를 작성하기 시작했다.

*　　　*　　　*

오늘만 같아라.

형수에겐 딱 그런 날이었다.

3연타석 홈런을 때리면서 모든 사람들의 집중 조명을 받고 있었다.

흔한 말로 크레이지 모드다.

타격에서 자신감을 얻으니 수비에서도 아주 좋은 모습을 보여주고 있었다.

평소보다 프레이밍도 좋았고, 다른 때와는 다르게 야수들을 지휘함에 있어서도 자신감이 넘쳤다.

덕분에 나 역시 편안하게 투구를 할 수 있었고, 7회까지 무사히 마치고 더그아웃으로 들어오니 게레로 감독이 더 던지겠냐고 물었다.

일말의 고민도 없이 대답했다.

"그만 던지겠습니다."

8회까지도 가능하겠지만, 굳이 무리할 필요는 없다 여겼다.

"수고했네."

게레로 감독은 내 어깨를 가볍게 두드리며 만족스러운 미소를 지어보였다.

글러브를 내려두고 아이싱을 준비하자 형수가 곁으로 다가와선 눈을 동그랗게 떴다.

"왜? 벌써 내려가려고?"

"벌써라니, 내 투구수가 97개다. 이 정도면 됐지, 뭐."

"지혁이 너, 체력이 좋아져서 이제 110개 정도는 충분하잖아?"

"다저 스타디움이라면 그렇겠지만, 여긴 쿠어스 필드잖아. 다음 선발 등판 상대를 생각해서라도 무리할 필요 없지."

"다음 상대가 누구였지?"

"세인트루이스 카디널스."

"아~ 그래, 잘 생각했다."

형수는 충분히 이해한다는 듯 고개를 끄덕거렸다.

"덕분에 오늘 편안하게 투구할 수 있었다."

"지혁이 너한테 이렇게 인정을 받는 날이 오다니! 오늘 이 형님이 좀 화끈하긴 했지? 흐흐흐!"

내 옆에 앉아서 어깨동무를 하며 익살스럽게 웃는 형수의 모습에 덩달아 웃음이 나왔다.

생각을 해보니 오늘처럼 형수가 즐겁게 야구를 했던 적이 있었나 싶었다.

더욱이 LA 다저스에 트레이드되어 온 이유부터 알게 모르게 받아왔을 주변의 좋지 않은 시선들까지 생각하면 아무리 좋아서 하는 야구라고 하더라도 형수 입장에서는 즐겁지가 않았을 것 같았다.

"경기 아직 안 끝났는데 한 방 더 때려. 오늘 경기 전국 방송이니까 장형수라는 이름을 미국 전역에 제대로 알려 봐. 오늘 운도 잘 따라주고, 감도 좋은 것 같으니까 마지막까지 집중해서 메이저리그 홈페이지 메인을 장식해 봐."

"오오~ 메이저리그 홈페이지 메인이라, 그거 죽이는데?"

하루 동안 있었던 메이저리그 경기 중 최고의 활약을 한 선수가 메인 화면을 장식하는데, 그 효과는 생각보다 컸다.

특히, 신인 선수들의 경우엔 이름과 얼굴을 확실하게 알릴 수 있었고, 선수 본인에게 있어서도 충분히 자부심을 가질 만한 일이니 그날 경기에서 활약을 한 선수들이라면 누구라도 한 번쯤은 기대를 해볼 만했다.

말은 하지 않았지만, 내 예상대로라면 지금 이대로 경기가 끝나면 형수가 메인 화면을 장식할 가능성이 무척이나 높았다.

신인 선수가 3연타석 홈런을 때리며 승리를 이끌었으니까.

더욱이 상대는 쿠어스 필드의 철벽이라 불리는 카터 노드윈드이질 않은가.

화제성으로 따졌을 때에도 충분히 먹힐 만한 일이었다.

물론, 쿠어스 필드라는 점으로 인해 형수의 성적이 평가 절하되겠지만.

하지만 형수는 이런 내 생각과는 달랐던 모양이다.

따— 악!

"…미친."

나도 모르게 내 입술을 뚫고 말이 나왔다.

양손을 번쩍 치켜들고 방방 뛰며 베이스를 도는 형수의 모습이 너무나도 낯설게 느껴졌다.

그리고 확실하게 깨달았다.

한 번 제대로 걸리는 날 형수는 굉장히 무서운 타자라는 걸.

방금도 몸 쪽을 깊숙하게 찔러 들어오는 패스트볼을 형수는 그대로 넘겨 버렸다.

마지막 타석에서의 홈런은 메이저리그를 대표하는 거포들에게서나 볼 수 있을 타격이었다.

　4연타석 홈런이라는 말도 안 되는 기록을 세우며 형수는 미국 진출 이후 최초로 단독 인터뷰를 가졌다.

　동료들이 냅다 부어대는 음료 세례 속에서도 하얀 치아를 드러내며 화통하게 웃는 형수의 모습이 처음으로 눈부시게 보였다.

　충분한 가능성을 보여줬다.

　반짝 활약으로 끝날 수도 있겠지만, 앞으로의 일은 다른 누구도 아닌 형수 스스로 극복해야 할 일들이다.

　더군다나 지금처럼 기회가 주어졌을 때라면 무슨 수를 써서라도 자신의 가치를 증명해야만 한다.

　"토렌스에게는 미안한 말이지만, 부상 기간이 너무 짧지는 않았으면 좋겠네."

　토렌스가 돌아오는 시간이 길어질수록 형수에겐 지속적으로 기회가 주어진다.

　지금 형수에게 필요한 건 꾸준한 출장 기회다.

　어깨에서 상당한 통증을 느꼈다면 아무리 빠르다 하더라도 한 달이다.

　반대로 형수에게는 최소한으로 한 달 동안 기회가 주어지는 셈이다.

그 황금 같은 기회가 주어졌을 때, 형수는 어떻게든 토렌스와의 경쟁력을 보여주면 된다.

오늘처럼 4연타석 홈런을 뻥뻥 때릴 필요도 없고, 바라는 사람도 없다.

리그 평균 수준의 수비력과 2할 5푼만 넘기는 타율이면 된다.

음료수를 홀딱 뒤집어쓴 상황에서도 미모의 아나운서와 즐겁게 인터뷰를 하는 형수를 보며 나는 진심으로 녀석이 토렌스의 자리를 위협할 수 있는 포수가 되길 원했다.

"8주 정도라고 하네."

형수의 말에 내가 되물었다.

"토렌스 말하는 거야?"

"응. 어깨 회전근개파열이라서 수술하기로 했나 봐. 재활까지 최소 8주, 길면 12주에서 15주까지 보고 있대."

수술이라고 해봐야 간단한 수술이었기에 큰 걱정은 들지 않았다.

"이런 말은 좀 그렇지만, 이번이 네게 엄청난 기회라는 거 알지?"

"당연하지."

형수도 충분히 인지하고 있다는 듯 무겁게 고개를 끄덕

였다.

2달에서 길게는 3달.

지금부터 8월 중순까지.

대략 60게임 정도를 주전 포수인 토렌스를 대신해서 백업 포수를 써야 하는 다저스다.

'주력으로 형수를 쓰겠지만, 에릭 소리아에게도 분명 기회가 주어지겠지.'

게레로 감독이라면 형수와 에릭 소리아를 모두 기용할 가능성이 높다.

비중으로 따지자면 형수 쪽이 훨씬 높겠지만, 에릭 소리아에게도 출장 기회를 줄 것이니 형수로서는 눈앞의 경쟁자인 에릭 소리아보다 완벽하게 우위에 서야 한다.

만약, 형수나 에릭 소리아가 5월, 6월을 망친다면?

'더욱 강력한 경쟁자가 트레이드되어 오겠지.'

게레로 감독이나 맥브라이드 단장이나 7월 트레이드가 시작되면 포수부터 데리고 올 가능성이 크다.

그런 사실을 알기에 형수도 내 앞에서 진지한 얼굴로 앉아 있는 거다.

"형수야, 네 자신을 믿어. 넌 충분히 메이저리그의 포수가 될 수 있어."

내가 할 수 있는 일은 형수에게 용기와 희망을 주는 응원

뿐이었다.

"걱정 마라. 내일도 내가 확실하게 보여줄 테니까!"

내일, 그리고 다음날까지 콜로라도 로키스와 2연전이 남아 있다.

타자에게 극도로 유리한 쿠어스 필드였으니 지금처럼 좋은 기회를 형수가 쉽게 날려 버리지 않기만을 바랄 뿐이었다.

그런 내 바람이 통했을까?

13일 2차전에서도 형수는 3타수 2안타 1홈런을 터트리며 전날의 상승세를 이어나갔다.

14일 3차전에서는 4타수 1안타 1홈런으로 타율은 떨어졌지만, 3일 연속 홈런과 3경기 6홈런이라는 무시무시한 장타력을 보이며 콧노래를 부르며 LA로 돌아올 수 있었다.

15일부터 시작되는 세인트루이스 카디널스와의 4차전.

8연승을 저지하며 3연패를 안겨 주었던 세인트루이스 카디널스와의 4연전에 다저스 선수들의 각오는 대단했다.

*   *   *

세인트루이스 카디널스.

메이저리그 내셔널리그 3대 명문 구단 중 한곳으로 가을

좀비로 유명한 팀이기도 하다.

현재 중부 지구 1위 자리를 굳건하게 지키고 있으며, 내셔널리그 15개 팀 중에서는 가장 먼저 30승의 고지에 올라서며 아메리칸리그 뉴욕 양키스의 뒤를 이어 가장 높은 승률을 기록하고 있는 중이기도 했다.

근래 10년 동안 3차례나 월드 시리즈 우승을 일궈냈을 정도로 전통의 강호인 세인트루이스 카디널스였지만, 항상 와일드카드로 겨우 포스트 시즌에 올라올 정도로 아슬아슬한 줄타기를 해오기도 했다.

그랬던 세인트루이스 카디널스가 올 시즌엔 초반부터 무섭게 승수를 쌓아 올리고 있었다.

리그 최고의 선발 투수를 보유하지도 않았고, 메이저리그를 대표하는 중심 타자도 없는 팀이 세인트루이스 카디널스다.

그러나 반대로 불안하다 싶을 정도의 4, 5선발 투수가 있지도 않았으며, 타선의 맥을 끊어버릴 정도로 실력이 떨어지는 타자 또한 없는 팀이 세인트루이스 카디널스였다.

간단하게 말하면 평균 이상의 투수와 타자들로 라인업을 알차게 채우고 있다고 할까?

공수에 있어 가장 균형이 잘 짜인 대표적인 구단인 셈이다.

페넌트 레이스 기간 동안 세인트루이스 카디널스와 잡혀 있는 경기는 7경기.

5월 9, 10, 11일에는 3연패를 당했기에 15일부터 치러지는 18일까지의 4연전은 굉장히 중요했다.

각각 중부 지구와 서부 지구로 다른 지역에 속해 있다 하더라도 같은 내셔널리그의 팀이기에 승패의 문제는 굉장히 중요했다.

특히, 지구 1위를 기록하지 못하면 타 지구의 2위 팀과 승률로 와일드카드 결정전을 벌이기에 한 경기, 한 경기 중요하지 않을 수가 없었다.

그렇게 시작된 15일 1차전.

LA 다저스에서는 앤디 클레먼트가 선발로 마운드에 올랐고, 세인트루이스 카디널스에서는 제이 파브로가 등판했다.

세인트루이스 카디널스의 3선발 투수인 제이 파브로는 매년 13승은 꼬박꼬박 챙겨주는 투수로 큰 기복 없이 벌써 메이저리그에서만 7년째 선발 투수로 자리를 잡고 있었다.

콜로라도 로키스와 있었던 원정 3경기에서 2승 1패를 기록했기에 LA 다저스의 분위기는 나쁘지 않았다.

반대로 세인트루이스 카디널스는 홈에서 피츠버그 파이리츠를 상대로 1승 2패의 루징 시리즈를 기록해 분위기가 좋다고 할 순 없었다.

하지만 직전에 있었던 LA 다저스 원정 경기에서 3연승으로 스윕을 했었기 때문인지 선수들의 표정에는 자신감이 가득했다.

그렇게 맞붙은 1차전은 예상외의 팽팽한 투수전이 펼쳐졌다.

앤디 클래먼트는 세인트루이스 카디널스의 타자들을 상대로 7이닝 동안 단 3개의 안타만을 내주며 올 시즌 들어 가장 완벽한 무실점 호투를 보였고, 상대 투수인 제이 파브로 역시 7이닝 5피안타 무실점으로 마운드를 지켜냈다.

양 팀의 선발 투수들이 팽팽한 투수전을 보이고 동시에 마운드를 내려가자 불펜 투수들 역시도 만만찮은 투수전으로 타자들을 완벽하게 압도했다.

결국 승부는 연장 12회에 났다.

연장 12회 말 선두 타자였던 던컨 카레라스가 볼넷으로 출루에 성공하고 이후 도루 성공과 크레이그 바렛의 진루타가 나오면서 1사 3루라는 절호의 기회를 얻었다.

세인트루이스 카디널스에서는 당연히 3번 타자인 코리 시거를 고의사구로 1루로 보내면서 4번 타자 마이크 트라웃을 상대로 병살타를 노릴 수밖에 없었다.

결과는 마이크 트라웃의 2루타가 터지면서 짜릿한 연장

전 승리를 거머쥘 수 있었다.

길고 힘겨운 승부 끝에 얻어낸 승리였기에 클럽 하우스의 분위기는 무척이나 고무되었다.

이날 경기에서 형수는 5번 타자로 출장해서 하나의 볼넷만 얻어내는 것이 전부였지만, 공격적인 면보다는 수비적인 면에서 투수들과 아주 좋은 모습을 보였기에 게레로 감독의 신뢰가 더욱더 깊어질 수 있었다.

16일 일요일에 벌어진 2차전은 1차전과는 전혀 다른 양상의 경기를 보여줬다.

말 그대로 난타전.

부상 복귀 이후 지속적으로 좋은 모습을 보이며 팀의 에이스로의 가치를 증명하던 필 맥카프리가 선발로 나섰지만, 결과는 믿겨지지 않을 정도로 참혹했다.

4이닝 6실점.

필 맥카프리라고는 믿을 수 없는 성적표였다.

경기 직전까지만 하더라도 필 맥카프리의 컨디션은 결코 나쁘지 않았다.

구속도 잘나왔고, 제구력도 평소와 다르지 않았다.

문제는 세인트루이스 카디널스의 타자들이었다.

전날의 무기력했던 모습을 잊어달라는 듯 1회부터 필 맥카프리의 공을 안타로 만들어 내는 집중력 있는 모습이 섬

뜩할 정도였다.

그렇게 필 맥카프리가 4이닝 동안 피안타 8개와 홈런 2개를 내주며 6실점으로 강판당했을 때만 하더라도 오늘 경기는 세인트루이스 카디널스가 가져갔다고 여겨졌다.

하지만 경기를 포기하기에 4이닝은 너무 일렀던 걸까?

4회까지 아슬아슬하게 다저스 타자들을 잘 막아내던 세인트루이스 카디널스의 올리버 마빈은 5회 말, 와르르 무너져 내렸다.

선두 타자였던 던컨 카레라스가 안타를 치며 출루를 했고, 2번 타자 크레이그 바렛은 볼넷으로 걸어 나가며 분위기를 띄운 것.

무사 1, 2루의 상황에 이르자 24살의 젊은 투수인 올리버 마빈의 제구력이 흔들리며 3번 타자 코리 시거마저 몸에 맞는 공으로 출루해 버렸다.

순식간에 무사 만루의 상황에 처하자 세인트루이스 카디널스의 더그아웃에서 감독이 직접 마운드에 오르며 올리버 마빈을 안정시켰다.

어차피 6점 차이로 크게 리드하고 있으니 1, 2점 정도는 줘도 된다고 했을 것이 분명했다.

감독의 격려가 있었기 때문인지, 흔들렸던 제구력이 다시 안정을 찾아가며 올리버 마빈은 마이크 트라웃을 내야 뜬공으로 잡으며 감독의 격려에 보답을 해주었다.

1사 만루 상황에서 타석에 들어선 건 미치 네이.

결과는 깔끔할 정도로 무기력한 삼진.

무사 만루가 순식간에 2사 만루로 변하는 순간 더그아웃에서는 탄식이 나왔고, 게레로 감독의 표정은 그 여느 때보다도 딱딱하게 굳어버렸다.

그럴 수밖에 없는 게, 이번 기회를 놓치면 오늘 게임을 포기해야 할지도 모른다는 생각이 모두의 머릿속에 꽉 들어차 있었기 때문이다.

이런 중요한 순간에 미치 네이가 욕심으로 크게 스윙을 가져가며 삼진을 당해 버렸으니 게레로 감독 입장에서는 당연히 표정이 굳을 수밖에 없었다.

뜨겁게 달아올랐던 분위기에 찬물을 제대로 끼얹은 미치 네이의 뒤를 이어서 타석에 선 건 형수였다.

쿠어스 필드에서는 무시무시한 장타력을 보여줬지만, 어제 경기에서는 무안타로 팬들에게 실망을 안겨줬던 형수는 잔뜩 긴장한 얼굴로 타석에 섰다.

반대로 올리버 마빈의 표정에는 여유가 엿보였다.

무사 만루 상황에서 단 1점도 실점하지 않으며 2아웃까지 왔으니 충분히 그럴 만했다.

긴장한 타자와 여유를 되찾은 투수.

보나마나 한 결과였다.

올리버 마빈은 적절하게 스트라이크와 볼을 배합하며 형수를 상대했고, 공 4개를 던졌을 때 카운트는 2스트라이크 1볼이었다.

불리한 볼 카운트에 형수의 얼굴 표정은 돌처럼 굳어서 보는 것만으로도 삼진을 당하거나, 어정쩡한 타격으로 아웃카운트를 만들겠다는 생각이 들었다.

모두가 절망스럽다 여기던 그 순간, 관중석에서 형수를 응원하는 작은 목소리가 울려 퍼졌다.

You can do it!

경기의 승부를 결정지을 수 있는 아주 중요한 순간에 타석에 서서 바짝 얼어붙은 신인 타자를 조롱하거나 비난하는 부정적인 목소리가 아닌, 그를 배려하는 다저스 팬의 마음이었다.

손에 맥주잔을 쥔 흑인 남성의 외침이 하나둘 관중들에게 이어졌다.

순식간에 들불처럼 관중들이 형수를 향해서 큰 목소리로 응원을 펼쳤다.

관중들의 목소리에 형수는 타임을 요청하고 타석에서 물

러나서 자신을 응원하는 홈팬들을 바라봤다.

딱딱하게 굳어 있던 표정이 서서히 풀렸고, 얼굴 가득 희열이 들어찼다.

입가에 미소가 퍼지고, 눈꼬리가 완만하게 휘어지더니 형수가 돌연 소리를 내질렀다.

"으아아아아악!"

갑작스런 형수의 미친 짓에 더그아웃에 있던 선수들이 웃음을 터트리거나, 혀를 차기도 했다.

그렇게 스스로에게 기합을 불어 넣은 형수가 다시 타석에 섰을 때, 녀석의 표정은 완전히 달라져 있었다.

쿠어스 필드에서 4연타석 홈런을 쳤을 때의 그 표정이었다.

올리버 마빈이 던지는 유인구를 그대로 흘려보내는 여유까지 되찾았다.

그리고.

따— 악!

86마일의 슬라이더를 그대로 때려 버린 형수의 메이저리그 첫 번째 만루 홈런.

그랜드 슬램(grand slam)이 터져 버렸다.

관중들은 말 그대로 난리가 났고, 프로 데뷔 첫 만루 홈런을 때린 형수는 괴성을 내지르며 베이스를 돌아 상대팀 선수들의 신경을 건드렸지만, 그런 것에 신경조차 쓰지 않는다는 듯 홈 베이스에 모여 있던 동료들과의 세레모니도 꽤나 격정적으로 보여줬다.

"나… 떨고 있냐?"

더그아웃으로 돌아온 형수가 내게 가장 먼저 한 말이다.

"엄청 떨고 있네."

실제로 형수는 손가락까지 바르르 떨고 있었다.

온몸이 흥분했다는 증거였다.

순식간에 4점을 따라붙은 다저스 선수들의 분위기는 역전을 노리는 용사들처럼 의지가 활활 타올랐다.

반대로 쉽게 승리를 할 수 있을 거라 여겼던 세인트루이스 카디널스의 선수들은 쫓기는 입장이 되어 5회까지 보여주었던 모습이 살짝 변하기 시작했다.

필 맥카프리의 뒤를 이어 마운드에 오른 빅터 페르난도는 5회의 불안했던 모습을 깨끗하게 지우며 6회부터 안정적으로 투구를 펼쳤지만, 실점을 막을 수는 없을 정도로 상대 타자들의 타격감은 최고조에 올라가 있었다.

하지만 LA 다저스의 타자들도 만만하지 않았다.

충분히 따라잡을 수 있는 희망을 발견한 이상 최선을 다하는 모습을 보여야만 했다.

6회 3점 차까지 달아난 세인트루이스 카디널스를 다시

2점까지 쫓아갔고, 7회 다시 3점으로 점수 차이가 났지만, 1점 차까지 바짝 따라붙으며 숨 막히는 접전을 보여줬다.

그리고 8회에 게레로 감독은 필승조까지 내세우며 필승의 의지를 내세웠다.

무실점으로 8회를 넘기자 8회 말 다저스에게 기회가 찾아왔다.

겨우 1점 차이.

올 시즌 세인트루이스 카디널스에서 가장 많은 홀드를 기록하고 있던 든든한 불펜 투수 엠제이 카나베일을 상대로 코리 시거와 마이크 트라웃이 연속 2루타를 터트리며 동점을 만들어 버린 거다.

마무리는 오늘 승부의 추를 원점으로 돌릴 수 있게끔 해 준 형수였다.

2루에 묶여 있던 마이크 트라웃을 홈까지 불러들이는 큼지막한 2루타를 날리면서 오늘 경기의 영웅으로 확실하게 자리를 차지해 버렸다.

형수가 2루타를 터트리는 순간 그 누구보다도 게레로 감독이 펄쩍펄쩍 뛰며 좋아했다.

최종 스코어 8 : 9.

4회에 일찌감치 승리를 예상했던 세인트루이스 카디널스에게는 충격적인 역전패였고, LA 다저스 입장에서는 무척이나 짜릿한 역전승이었다.

당연히 이날 최고의 수훈 선수로 뽑힌 건 형수였다.

프로 데뷔 통산 첫 번째 만루 홈런과 역전 2루타의 주인공.

일주일도 되지 않는 기간 동안 두 번이나 수훈 선수로 인터뷰를 따냈으니 형수로서는 최고의 일주일이라 불러도 좋을 만했다.

그리고 다음날인 17일.

세인트루이스 카디널스와의 승부를 원점으로 되돌리기 위해, 3연패의 굴욕을 3연승으로 되갚아주기 위해, 내가 선발 투수로 마운드에 올라서는 날이었다.

"어때? 컨디션은 좋아?"

형수의 물음에 나는 걱정할 것 없다는 듯 고개를 끄덕였다.

"나쁘지 않아."

"편안하게 던져. 오늘도 이 형님이 확실하게 한 건 해줄 테니까! 흐흐흐!"

형수의 익살스러운 웃음 속에 담겨 있는 자신감에 나 역시 마주 웃었다.

"이런 거구나."

"뭐?"

"든든하다는 말."

"응?"

형수가 눈을 동그랗게 뜨며 날 바라봤다.

지금까지 야구를 하면서 느껴보지 못한 생소한 기분이 들었다.

든든하다는 감정.

별것 아닌 것 같은 이 감정이 이상하게 내 마음을 편안하게 만들어주고 있었다.

"날씨도 정말 좋네."

화창한 LA의 하늘을 바라보며 나도 모르게 입가에 가득 미소를 지었다.

턱.

형수가 내 어깨에 팔을 두르며 씨익 웃었다.

그리고는 왼 주먹을 하늘 높이 치켜들며 힘차게 외쳤다.

"가자! 우리의 승리를 위해서!"

*　　　　*　　　　*

"오늘 날씨 정말 좋다~!"

옅은 화장기 섞인 얼굴로 파란 하늘을 바라보는 늘씬한 동양인 여자의 모습에 반질반질하게 생긴 백인 청년이 곁으로 다가갔다.

"하이~ 내 이름은 조나단인데, 아름다운 여성분의 이름은 어떻게 되는지 물어도 될까요?"

낯선 백인 청년의 접근에 여자가 흠칫 놀라면서도 곧바로 대답했다.

"죄송해요. 이름을 알려주고 싶지는 않네요."

단호한 여자의 거절에도 백인 청년은 싱글싱글 웃으며 말했다.

"어느 팀을 응원하러 왔죠?"

분명하게 거절을 표현했음에도 전혀 물러서지 않고 아무렇지도 않게 말을 하는 백인 청년의 모습에 여자는 살짝 불쾌한 감정을 드러냈다.

"내가 그걸 왜 말해줘야 하죠? 미안하지만 난 그쪽이랑 대화를 나누고 싶지 않아요."

다시 한 번 확실하게 거절을 표현하는 여자였지만, 백인 청년도 만만하지 않았다.

"나 이상한 사람 아니에요. 그저 오늘 경기를 즐기기 위해 야구장을 찾아온 다저스의 팬일 뿐이에요. 특히, 오늘은 척의 선발 경기라서 얼마나 기대가 되는지 몰라요. 난 척의 광팬이거든요."

"척?"

"지혁 차! 다저스의 에이스인 척의 광팬이라면 누구나 그를 척이라고 부르죠. 몰랐나요?"

"…예."

"혹시 척을 좋아하지 않나요?"

"좋아하죠."

백인 청년의 물음에 여자의 얼굴이 살짝 붉어졌다.

여자의 반응에 백인 청년의 입꼬리가 살짝 말아 올라갔다.

수줍게 고백을 하듯 말을 하는 여자의 모습에 백인 청년의 눈빛에 득의양양한 표정이 가득했다.

"나랑 같군요! 우리 다저스에 척이 와서 얼마나 행복한지 몰라요. 그는 우리 다저스의 구세주죠! 커쇼와 류가 떠난 자리를 척이 새롭게 채울 수 있다는 사실이 얼마나 큰 축복인지 그쪽은 모를 거예요."

계속되는 차지혁에 대한 백인 청년의 과도한 칭찬에 여자의 표정이 점점 풀어졌다.

단호하게 낯선 남자를 경계하던 얼굴은 상당 부분 희석되어 있었다.

"오늘 척의 선발 경기를 보기 위해서 얼마나 기다렸는지 몰라요. 혹시 괜찮다면 함께 경기를 관람할까요?"

"미안하지만 그럴 순 없어요. 친구와 함께 왔거든요."

"친구요? 누구죠? 나도 친구들과 함께 왔으니까 우리 다 같이 모여서 신나게 척을 응원하면 재밌을 것 같은데, 어때요?"

백인 청년의 말이 끝나기가 무섭게 옆에서 날카로운 음성이 흘러나왔다.

"당신에게 관심 없으니까 꺼져."

동양인 여자만큼이나 아름다운 눈부신 백인 미녀의 등장에 백인 청년의 눈매가 환하게 휘어졌다.

"오해가 있는 모양인데, 우리는 척의 광팬이라서 함께 그의 경기를 관람하며 응원을……."

"요즘 다저스 경기에서 순진한 동양계 여성들을 유혹해서 나쁜 짓을 한다는 놈들이 있던데, 그쪽이랑 아무런 상관이 없는지 경찰에게 한 번 물어볼까?"

백인 미녀의 냉정한 말투에 백인 청년은 얼굴을 와락 일그러뜨리더니 이윽고 으르렁거리듯 퍽유라며 욕설을 남기고는 등을 돌려 버렸다.

갑작스런 상황에 동양인 여자가 두 눈을 동그랗게 뜨고는 백인 미녀에게 물었다.

"이게 도대체 무슨 소리야?"

백인 미녀가 고개를 가볍게 저으며 대답했다.

"네가 본 그대로야. 순진해 보이는 아시아계 여자에게 자연스럽게 접근해서 나쁜 짓을 하는 놈들이 있다고 들었어. 특히, 차지혁 선수의 이름을 팔아서 팬인 척 친근하게 군다고 하더라고."

"뭐?"

자신은 감히 상상도 할 수 없었다는 듯 놀라는 동양인 여자였다.

"여긴 한국이 아니야. 혜영, 네가 생각하지 못했던 상상도 못 할 인간들도 지천으로 널려 있어. 그러니까 조심해."

"그, 그럴게, 에바."

"미리 들어갈까?"

"응."

정혜영과 에바, 그녀들이 LA 다저스의 경기를 관람하기 위해 다저 스타디움에 나타났다.

"참, 아까 들으니까 지혁 씨를 척이라고 부르던데 사실이야?"

"사실이야. 한국 이름은 발음을 하기가 쉽지 않잖아? 다저스 클럽 하우스의 동료 선수 중 한 명이 척이라고 부르기 시작한 게 지금은 다저스의 팬들 사이에서 꽤 유명해져 있어. 그 외에도 다른 별명들은 많지만 지금은 거의 척이라는 이름으로 불리고 있어."

에바의 자세한 설명에 정혜영이 그렇냐며 고개를 끄덕이

다 물었다.

"그런데 에바는 어떻게 그렇게 자세하게 아는 거야? 다 저스 팬이 아니었잖아?"

"아, 그건… 나는 물론 필리스의 팬이지만, 한국에서부터 차지혁 선수를 응원했으니까."

"필리스를 상대로 지혁 씨가 선발로 등판하게 된다면 어 딜 응원할 건데?"

"그건……."

에바가 난감하다는 듯 대답을 머뭇거리자 정혜영이 재밌 다는 듯 웃었다.

"그냥 해본 말이야. 에바를 위해서라도 그런 불행한 일은 벌어지지 않기를 기도해야겠다."

정혜영의 웃는 모습에 에바가 작게 한숨을 내쉬었다.

정혜영에게는 그저 재밌는 일이겠지만, 에바에게는 정말 곤란한 일었기 때문이다.

무엇보다 LA 다저스와 필라델피아 필리스는 올 시즌 7경 기가 예정되어 있었고, 로테이션 상 불행하게도 다저스와 필리스의 첫 번째 경기에서 차지혁은 선발로 등판할 가능 성이 무척이나 높았다.

'정말 어딜 응원해야 할지…….'

중요한 건 절대 그날만큼은 가족이나 친구들과 함께 야

구를 봐선 안 된다는 사실이다.

과격하기로 유명한 필리건들인 가족과 친구들이라면 필리스의 타자들을 상대로 공을 던지는 차지혁을 향해 어떤 말들을 해댈지 누구보다 잘 알고 있는 에바였다.

마음이 불편해서라도 그 자리에 함께할 자신이 없었다.

"와아~ 여기가 TV로만 보던 다저 스타디움이구나! 저, 저기 있다!"

정혜영의 손가락이 다저 스타디움의 한쪽 모퉁이를 가리켰다.

그곳에는 그토록 보고 싶었던 차지혁이 웃는 얼굴로 장형수와 가볍게 몸을 풀고 있었다.

Chapter 7

　다저 스타디움은 메이저리그의 모든 구장 중 관중석 규모가 가장 크다.

　5만 6천 석.

　내년 2028년도에는 뉴욕 양키스에서 양키 스타디움을 6만 명까지 수용 가능하도록 대규모 확장 공사를 준비 중이라고 했지만, 현재까지는 여전히 다저 스타디움이 가장 많은 관중석을 자랑하고 있었다.

　말이 5만 6천명이지 실제로 그 많은 인원이 관중석을 가득 채운 모습을 보면 입이 절로 벌어진다.

"휴우~ 오늘도 역시 널 보기 위해 관중석이 꽉꽉 채워졌네."

형수의 말대로, 내가 선발로 등판하는 날에는 관중석의 빈자리를 찾을 수가 없었다.

출전만으로 만원 관중을 보장할 수 있는 선수는 다저스에서는 오직 나와 필 맥카프리뿐이다.

하지만 원정 경기를 떠나면 나와 필 맥카프리의 관중 동원 능력이 확연하게 차이가 났다.

수년 동안 다저스의 에이스로 활약을 하고 있는 필 맥카프리였지만, 원정 경기에서는 나보다 관중들을 끌어모으는 힘이 부족했다.

여러 가지 이유가 있겠지만, 우선 가장 큰 임펙트는 역시 두 번 연속 퍼펙트게임 기록이다.

필 맥카프리가 리그 최정상급의 투수인 건 사실이지만, 아직까지 퍼펙트게임은 물론 노히트 경기도 해본 적이 없었다.

여기에 신인 투수라는 이점도 분명 있었다.

신인 투수를 보기 위해 경기장을 찾는다?

쉽지·않은 일이지만, 그 신인이 어떠한 기록을 세웠느냐에 따라서 분명 차이가 크게 난다.

그렇다 보니 굳이 다저스의 원정팬이 아니라 하더라도

상대팀과 메이저리그에 관심을 갖고 있는 사람들이 하나둘 경기장을 찾았던 거다.

하지만 그런 관중 몰이 현상도 4월이 지나면서 약간 시들해져 있었다.

아직까지 무패의 기록으로 양대 리그 최고의 성적을 기록하고 있다지만, 시즌 초반에 보여줬던 핵폭탄급의 활약과는 거리가 좀 멀어진 것이 이유였다.

그러나 다저 스타디움에서만큼은 여전히 다저스 팬들의 열렬한 응원을 받고 있었다.

"오늘 선발 바뀐 거 알고 있지?"

"알지."

"카디널스에서도 오늘 경기는 절대 쉽게 내주지 않겠다는 의도겠지. 오늘 져버리면 내일까지도 분위기가 이어질 수도 있으니 설령 진다하더라도 쉽게 지지는 않겠다는 뜻 아니겠냐?"

형수의 말대로다.

본래 오늘 세인트루이스 카디널스의 선발 투수는 5선발 투수인 스펜서 트레더웨이었다.

그런데 갑작스럽게 스펜서 트레더웨이가 팔꿈치 통증을 느낀다면서 선발 투수가 바뀌었다.

가렛 글리슨.

세인트루이스 카디널스의 1선발 투수이자, 에이스인 가렛 글리슨은 27살이라는 젊은 나이임에도 불구하고 벌써 메이저리그 7년 차의 베테랑 선수다.

내일 등판하기로 되어 있었던 가렛 글리슨을 오늘 경기에 앞당겨 올리는 이유는 뻔했다.

쉽게 승리를 내주지 않겠다는 의도다.

충분히 승부를 걸어볼 만한 투수였고, 설령 진다고 하더라도 최소한의 피해로 내일 경기를 위하겠다는 감독의 의지인 거다.

"차라리 안정적으로 내일 경기라도 가져갈 것이지."

형수가 혀를 차며 그렇게 말했다.

"감독이 따로 생각하는 게 있나 보지."

"그래봤자 소용없다는 걸 오늘 확실하게 보여주자고."

"카디널스의 타자들은 절대 만만하지 않다는 걸 너도 잘 알잖아. 필 맥카프리가 그렇게 깨질 줄 누가 알았겠어?"

"하긴, 필 맥카프리 그 자식이 그렇게 무너진 건 좀 충격적이었지. 하지만 오늘 상대는 필 맥카프리가 아니라 다저스의 새로운 에이스 차지혁이잖아. 카디널스 놈들 오늘 밤 잠 좀 설치게 해주자고."

형수와 그렇게 가볍게 말을 주고받는 사이 경기 시간이 다 되어갔다.

마지막 점검을 마치고 경기가 시작되기 직전, 관중석에서 뜬금없는 환호성이 터져 나왔다.

무슨 일인가 싶어서 관중석을 바라보니 놀랍게도 뜻밖의 인물이 관중들을 향해서 가볍게 손을 흔들고 있었다.

"뭐야, 랜디 존슨이잖아? 연락을 했었던 거야?"

형수의 물음에 나는 그런 적 없다는 듯 고개를 저었다.

5월 중으로 한 번 찾아오겠다고 한 적은 있었지만, 그게 오늘일 줄은 몰랐다.

"그런데 옆에 저 여자는 누구야? 장난 아니잖아! 설마⋯ 애인은 아니겠지?"

랜디 존슨의 곁에서 함께 손을 흔드는 여자는 정말이지 지금까지 봤던 그 어떤 여자보다 아름다웠다.

사람들이 흔하게 말하는 엘프 여신이었다.

"와우! 안젤라 쉴즈잖아!"

빅터 페르난도가 그렇지 않아도 왕방울만 한 눈을 더욱 더 크게 치켜뜨며 탄성을 터뜨렸다.

"안젤라 쉴즈? 유명한 연예인이야?"

형수의 물음에 빅터 페르난도가 고개를 저었다.

"요즘 가장 뜨겁게 인기를 얻고 있는 모델인데, 조만간 헐리우드에서 볼 수 있을 거야. 그런데 어째서 안젤라 쉴즈가 랜디 존슨과 함께 있는 거지? 서, 설마!"

"너도 나랑 같은 생각했지?"

형수와 빅터 페르난도가 불손한 생각을 공유하기 시작했다.

나와는 상관없는 일이고, 관심도 없었기에 나는 랜디 존슨만을 바라봤다.

'시간이 있다면 새로운 구종에 대한 이야기를 좀 나눴으면 좋겠는데.'

4월 달 이후로 다시 신 구종을 연구 중이었기에 랜디 존슨의 조언이 필요한 건 사실이었다.

"설마 경기가 끝나자마자 가버리는 건 아니겠지?"

안젤라 쉴즈라는 모델과 함께 있는 모습을 보니 왠지 그럴 것 같기도 해서 불안했지만, 당장 경기가 시작되기 직전이라 랜디 존슨과 대화를 나눌 수 없다는 게 무척이나 아쉬웠다.

그렇게 경기가 시작되었다.

*　　　*　　　*

"아주 오랜만에 야구장에 오니까 기분이 좋네요."

밝게 웃는 안젤라 쉴즈의 미모는 눈이 부실 정도였다.

하지만 곁에 앉아 있는 랜디 존슨의 표정은 무표정하다

못해 살짝 굳어 있었다.

자신의 유명세만으로도 주변의 시선이 꼬여들어 귀찮은데, 안젤라 쉴즈라는 혹까지 붙어버리니 랜디 존슨은 썩 기분이 좋지 않았다.

무엇보다 안젤라 쉴즈와 함께 움직이다 보니 괜한 오해로 사람들의 입에 오르락내리락할 것을 생각하니 머리가 지끈거릴 정도였다.

그런 랜디 존슨과 다르게 안젤라 쉴즈는 오랜만에 느끼는 홀가분한 기분에 날아갈 것처럼 기분이 좋았다.

하루 10분의 여유조차 없는 빡빡한 살인적인 스케줄에서 벗어난 것도 좋았고, 요즘 가장 좋아하는 야구 선수인 차지혁의 선발 등판 경기를 직접 관전할 수 있다는 것 또한 무척이나 그녀의 기분을 즐겁게 하고 있었다.

"오늘 경기에 데리고 와줘서 정말 고맙게 생각해요. 오늘 일은 반드시 보답할게요. 그런데 한 가지만 더 부탁해도 될까요?"

랜디 존슨은 안젤라 쉴즈가 할 부탁이 무엇인지 너무나도 잘 안다는 듯 단칼에 거절했다.

"엉뚱한 소문으로 그의 머릿속을 시끄럽게 만들지 않는 것이 좋아."

"전 순수하게 팬으로서 그를 만나고 싶을 뿐인걸요?"

"그 순수함을 그대로 받아들일 정도로 기자와 파파라치들은 순수하지 않다는 게 문제지."

"알죠. 하지만 전 정말 척을 무척이나 만나보고 싶어요."

쉽게 물러나지 않을 것 같은 안젤라 쉴즈의 모습에 랜디 존슨의 얼굴이 더욱 딱딱하게 굳어버렸다.

*　　　*　　　*

26.8.

무슨 수치냐면 오늘 세인트루이스 카디널스 선발 타자들의 평균 연령이다.

놀라울 정도로 젊은 팀이 세인트루이스 카디널스다.

젊다는 건 그만큼 열정적이라는 뜻이고, 발전 가능성 또한 높다는 말이다.

반대로 노련하지 못하고 이미 최고의 성장점에 도달하지 못했기에 기량이 부족하다는 뜻이 되기도 한다.

하지만 세인트루이스 카디널스에는 부족한 경험과 연륜을 채워줄 노련한 코치진이 존재했다. 덕분에 메이저리그 30개의 팀 가운데 세 손가락에 꼽힐 정도로 젊은 팀으로 성공적인 리빌딩을 이루었다는 평가를 받고 있다.

1번 타자 브라이언 케니시는 24살이지만, 벌써 2년 동안 주전 멤버로 활약을 하고 있었다.

넓은 수비 범위, 민첩한 몸놀림, 빠른 상황 판단 능력까지 향후 메이저리그를 대표하는 2루수 중 한 명이 될 가능성이 무척이나 높았다.

그러나 브라이언 케니시와 같은 타자는 내게 있어 큰 위협이 될 수 없었다.

부웅!

"스윙! 타자 아웃!"

브라이언 케니시는 나를 바라보며 고개를 가볍게 흔들었다.

파워가 부족한 타자에게는 가차 없다.

강력한 포심 패스트볼로 승부를 한다.

어설프게 변화구를 던지며 유인구 승부를 할 이유가 없었다.

더욱이 투수 친화구장인 다저 스타디움이라는 걸 생각하면 더욱더 과감하게 승부를 할 수 있었다.

'샘 브루노아. 브라이언 케니시와 비슷한 케이스의 타자.'

역시 고민할 것 없었다.

형수에게도 미리 말을 해뒀다.

한 방의 파워를 가지고 있는 타자들을 제외한 나머지 타자들에 대해서는 과감할 정도로 공격적으로 빠른 승부를 가져가겠다고.

투수와 타자 간에 승부가 길어질수록 불리한 건 투수 쪽이다.

그렇기 때문에 최대한 간결하고 쉽게 승부를 볼 생각이었다.

무엇보다도 세인트루이스 카디널스의 타자들은 젊다.

젊기 때문에 그만큼 패기롭다.

한참이나 어린 투수가 정면으로 승부를 해오는데 그걸 피한다?

메이저리거라는 자존심 때문에라도 있을 수 없는 일이다.

퍼엉!

"스트라이크!"

샘 브루노아가 깜짝 놀라며 포수 미트를 바라봤다.

몸 쪽으로 바짝 붙어서 날아오던 공이 살짝 휘어지며 스트라이크 존을 통과해 버리니 타자 입장에서는 기가 막힐 수밖에 없겠지.

체크 스윙으로 몸을 풀고 다시 타자 박스에 들어선 샘 브루노아는 오히려 홈베이스 쪽으로 몸을 붙이고 섰다.

몸 쪽에 대한 두려움이 없어서?

그럴 리가. 어디까지나 기 싸움에서 밀리지 않으려는 행동이다.

샘 브루노아의 행동에 형수는 몸 쪽으로 바짝 붙이는 포심 패스트볼을 요구해 왔다.

좌타자에게 좌투수가 던지는 몸 쪽 패스트볼은 공포 그 자체다.

타석에서 몸 쪽으로 붙는 사람이 있다면 내 할머니라 하더라도 맞춰 버릴 거다.

돈 드라이스데일이 했던 말이다.

위협구와 빈볼을 잘 던지기로 유명했던 돈 드라이스데일처럼 타자를 위협하기 위해 굳이 빈볼을 던질 필요까지는 없겠지만, 그렇다고 피할 이유도 없었다.

쇄애애애액.

퍼— 어엉!

"스트라이크!"

타석에 서 있던 샘 브루노아는 움찔했던 자신의 모습 때문인지, 아니면 과감하게 몸 쪽으로 승부를 해오는 내 투구 때문인지, 잔뜩 인상을 찌푸리며 날 죽일 듯 노려봤다.

내 입장에서는 꽉 찬 몸 쪽 스트라이크를 던진 것이지만, 샘 브루노아의 입장에서는 도발적인 위협구로 여겨질 만했으니까.

또다시 몸 쪽으로 바짝 붙어서는 샘 브루노아의 모습에 나 역시 살짝 웃음이 나오고 말았다.

'해보자 이건가?'

이런 내 생각과 다르게 형수는 몸 쪽으로 바짝 붙이는 체인지업을 요구했다.

굳이 상대의 도발에 넘어갈 필요가 없다는 듯 형수는 무조건 체인지업을 던지라고 했고, 그 역시 나쁜 결정이 아니었기에 주문하는 대로 공을 던져 줬다.

부— 웅!

펑!

"스윙! 타자 아웃!"

샘 브루노아는 체인지업에 속절없이 헛스윙을 하고는 벌겋게 달아오른 얼굴로 날 노려봤다.

눈빛에서 그가 하고자 하는 말이 다 느껴졌다.

비겁하게 승부를 피했다고 여기겠지.

그게 투수와 타자의 차이다.

투수는 자신의 뜻대로 승부를 할 수 있다.

하지만 타자는 그럴 수가 없다.

투수와 타자 간의 대결에서 주도권을 쥐고 있는 사람은 투수니까.

투수에게 비겁하다?

고의사구를 던졌을 때에나 해당되는 말이다.

샘 브루노아가 씩씩거리며 더그아웃으로 돌아가고 타석에는 3번 타자 더그레이 세인트가 자리를 잡고 섰다.

세인트루이스 카디널스의 골수팬의 아들로 태어난 더그레이 세인트는 18살에 4라운드 상위 지명까지 포기하면서 세인트루이스 카디널스와 계약을 한 괴짜다.

아버지의 입김이 크게 작용했다는 소문도 있지만, 그 역시 어렸을 때부터 광팬이었다고 스스로 증명했으니 돈이 아닌 철저한 꿈을 좇은 낭만적인 선수라 부를 만했다.

하지만 선수 생활은 그의 행동처럼 낭만적이지 못했다.

투수에서 타자로 전향.

투수로서 명확하게 한계가 보인다는 구단의 평가에 더그레이 세인트는 미련 없이 타자로 전향을 했다.

지독한 연습벌레.

더그레이 세인트를 알고 있는 사람들은 누구나 그렇게 말한다.

5년의 긴 마이너리그 생활 끝에 메이저리그에 입성을 한 더그레이 세인트는 불과 3년 만에 팀의 중심 타자이자, 간판타자로 이름을 날리고 있는 중이다.

교본과도 같은 자세로 타석에 서 있는 더그레이 세인트의 모습에 형수는 가볍게 고개를 저으며 초구 사인을 보내왔다.

'커브?'

놀랍게도 형수가 요구한 초구는 파워 커브였다.

스트라이크 존을 통과하는 낮은 코스의 파워 커브로 지금까지 단 한 번도 파워 커브를 던지지 않았으니 충분히 더그레이 세인트를 상대로 손쉽게 스트라이크 하나를 뺏어 올 수가 있을 것 같았다.

퍼엉!

"스트라이크!"

다행스럽게도 초구부터 커브를 던질 줄 몰랐는지 더그레이 세인트의 배트가 꼼짝도 하질 않았다.

2구로는 바깥쪽 아래로 걸치고 들어가는 포심 패스트볼을 던졌다.

딱.

기계와도 같은 가장 이상적인 스윙 궤적과 함께 타구가 3루 선상 밖으로 빠르게 날아갔다.

자신이 때려낸 타구의 방향, 스윙 폭 등을 계산하는 듯 더그레이 세인트는 타석에서 살짝 자세를 바꿔 섰다.

'계산기라고 하더니.'

더그레이 세인트의 또 다른 별명이 계산기다.

타석에 설 때마다 투수가 던진 공을 계산해서 스탠스의 위치를 조정하고 스윙까지도 조절할 수 있는 놀라운 모습으로 무수히 많은 안타와 홈런을 생산해 내는 더그레이 세인트는 별명처럼 기계 같은 느낌을 줬다.

'약점이라면…….'

더그레이 세인트에게는 크게 부각되는 약점이 없다.

하지만 타고난 재능이 대단하지 않기에 타격 센스라거나 파워가 압도적이지도 못하다는 게 유일한 단점으로 꼽힌다.

단지 그런 단점을 혹독한 연습으로 일정 부분 상쇄시키고 있을 뿐이다.

컷 패스트볼 사인을 주는 형수에게 고개를 저었다.

'구위로 한 번 부딪혀 보자.'

메이저리그 3년 차인 더그레이 세인트는 통산 홈런 수가 86개에 이른다.

평균으로 따지면 28.6개다.

충분히 파워를 갖춘 거포라 부를 만하지만 경기가 있기 전 더그레이 세인트의 영상을 분석하고 앞서 있었던 경기들을 관전한 결과 파워보다는 정확하게 타격을 할 수 있었던 스윙 메커니즘 덕을 본 경우가 굉장히 많았다.

내 구위를 믿고 모험을 걸어볼 만한 상대였다.

문제는 과연 어느 곳에 공을 던질 것이냐.

'몸 쪽 높은 코스.'

통상적으로 가장 치기에 까다로운 코스 중 하나다.

괴력을 발휘하는 괴물 같은 타자들에게는 맛있는 먹잇감이 될 수도 있는 코스겠지만, 더그레이 세인트와 같은 타자에게는 그 반대일 가능성이 높다.

실제로도 더그레이 세인트의 경우에 몸 쪽 높은 코스의 공을 장타로 만들어 낸 비율이 그리 높지 못했다.

와인드업을 하고 곧바로 내가 원하는 곳으로 공을 던졌다.

따— 악!

타구가 순식간에 우익수 방면으로 날아갔다.

'역시.'

우익수 빌 맥카티가 조금씩 뒤로 이동하더니 워닝 트랙 앞에서 안정적으로 타구를 잡아냈다.

"넘어가지 못할 거라고 생각한 거야?"

형수가 마스크를 벗으며 나에게 그렇게 물었다.

"확신은 못 했지만, 가능성이 크다고 생각했을 뿐이야."

"그러다 한 방에 훅 간다."

"조심해야지."

"어쨌든 수고했다. 1회부터 기분 좋은 시작이다. 아주 깔끔했어."

더그아웃으로 들어가자 여기저기서 수고했다며 격려를 해주었다.

자리에 앉으니 세인트루이스 카디널스의 선수들이 수비를 하기 위해 자리를 잡고 있었다.

세인트루이스 카디널스의 장점 중 하나가 바로 탄탄한 수비력이다.

젊은 선수들이라 그런지 각자의 수비 범위가 상당히 넓었고, 몸놀림이 빠르고 민첩했기에 팬들은 그물망 수비라고 표현하기도 했다.

하지만 항상 최고의 수비력을 보여주는 것만은 아니었다.

가끔씩 발생하는 돌발적인 상황에 대한 대처 능력은 확실히 부족했다.

이런 부분은 어디까지나 자연스럽게 경험이 쌓여야 늘어나는 부분이었기에 딱히 흠이라고 할 만한 것도 아니었다.

이러한 점만 제외하면 세인트루이스 카디널스의 수비력은 내셔널리그에서는 세 손가락 안에 꼽혔기에 투수 입장에서는 굉장히 편안하게 투구를 할 수 있는 팀이었다.

든든한 야수들을 등 뒤에 세우고 마운드에서 공을 던지는 세인트루이스 카디널스의 선발 투수 가렛 글리슨의 첫 번째 상대는 LA 다저스 부동의 1번 타자로 완벽하게 자리를 차지한 던컨 카레라스였다.

초구는 스트라이크, 두 번째는 볼, 세 번째는 파울.

가렛 글리슨은 스트라이크와 볼을 적절하게 뒤섞으며 던

컨 카레라스를 상대했지만, 결국 7구만에 안타를 허용하며 1회 선두 타자부터 출루를 허용하고 말았다.

던컨 카레라스는 빠르다.

매년 30개 이상의 도루를 항상 해왔을 정도로.

덕분에 게레로 감독으로부터 재량껏 도루를 허용하는 그린라이트(green light)를 받은 유일한 선수였고, 그 기대에 부흥이라도 하듯 올 시즌에는 벌써 16개나 되는 도루를 성공시키며 커리어 하이를 바라보고 있을 정도다.

말 그대로 눈 깜짝할 사이에 2루를 훔쳐 버리니 투수 입장에서는 굉장히 신경이 쓰일 수밖에 없다.

특히, 우투수인 가렛 글리슨이라면 1루에서 언제든 도루를 할 준비를 마친 던컨 카레라스가 머릿속에서 쉬질 않고 맴돌고 있을 가능성이 높다.

'표정 변화도 없네.'

가렛 글리슨의 최대 장점은 어떤 상황에서도 흔들리지 않는 정신력과 탄탄한 체력이다.

주자가 있고, 없고의 차이는 분명 크다.

주자가 없는 상황에서는 어떤 타자를 만나더라도 자신 있게 자신의 공을 던지다가 주자만 생기면 어처구니없는 볼질을 하거나, 실투를 반복하며 무너지는 투수가 있다.

소위 멘탈이 약하다 평가를 받는 투수다.

반대로 주자가 있든 없든 한결같이 자신의 공을 던질 줄 아는 투수가 있다.

나 역시 그에 해당하는 투수고 가렛 글리슨 역시 마찬가지다.

보통 아무리 멘탈이 좋다 평가를 받아도 홈런을 맞으면 투구가 변하게 마련이다.

그런데 가렛 글리슨은 조금도 변하지 않고 처음처럼 똑같은 투구를 했으며, 더불어 매년 평균 200이닝을 항상 넘어서는 이닝이터로서 강철 체력의 투수로도 유명했다.

메이저리그 통산 7년 동안 부상으로 한 달 이상 로테이션에서 빠진 적도 없었고, 상황에 따라서는 등판 간격을 하루 정도는 앞당기는 것까지도 가능할 정도의 체력과 튼튼한 내구성을 지닌 가렛 글리슨이었기에 매년 스토브 리그가 시작되면 항상 이적설에 이름을 올리는 투수 0순위였다.

2번 타자 크레이그 바렛을 상대로 가렛 글리슨이 초구를 던졌다.

"뛴다!"

1루 주자였던 던컨 카레라스는 초구부터 주저 없이 2루를 향해 내달렸다.

도루를 의식해서였는지 포심 패스트볼이 포수 미트에 꽂혔고, 세인트루이스 카디널스의 포수 세바스티안 로버츠가 앉은 자세에서 그대로 2루에 송구를 했지만, 던컨 카레라스의 발이 살짝 빨랐다.

"세이프!"

2루심의 판정에 다저스 홈팬들의 환호성이 터졌다.

반대로 세인트루이스 카디널스의 원정팬들은 야유를 퍼부었다.

전설이 되어버린 포수 야디어 몰리나 이후 이렇다 할 포수를 육성하지 못한 세인트루이스 카디널스에서 그나마 믿고 의지하는 유일한 포수가 세바스티안 로버츠였지만, 냉정하게 실력 면에서는 리그 평균 수준밖에 되질 않았다.

2루를 훔친 던컨 카레라스를 바라보다 2구를 던지는 가렛 글리슨.

바깥쪽으로 스트라이크를 잡기 위해 날아온 공을 그대로 때려내는 크레이그 바렛과 타격음이 울리자 곧바로 3루를 향해 질주하는 던컨 카레라스.

더그아웃에 앉아 있던 선수들 모두 벌떡 일어나서 타구를 쫓았다.

타구는 1루수 헤일리 하비의 글러브를 살짝 넘기며 안타가 되었다.

3루 코치가 마구 휘젓는 팔을 보며 던컨 카레라스는 3루 베이스를 밟고는 곧장 홈으로 내달렸다.

"나이스!"

1회부터 아주 쉽게 득점에 성공하는 LA 다저스였다.

실점을 하는 순간에도 가렛 글리슨의 표정엔 아무런 변화가 없었다.

"멘탈이 강한 건지, 감정이 없는 건지 모르겠네."

쉽게 1점을 냈지만, 이후는 의외로 쉽지 않을 것 같다는 예감이 들었다.

1회부터 아웃 카운트도 하나 잡히지 않은 상황에서 1점을 냈다는 건 그날의 경기가 무척이나 쉽게 풀릴 수도 있다는 징조다.

하지만 언제나 그 징조가 맞아 떨어지는 건 아니다.

"허무하네."

형수가 포수 장비를 착용하며 그렇게 말했다.

병살타와 내야 뜬공.

1번과 2번 타자에게 연속 안타를 맞으며 너무나도 쉽게 1점을 내줬던 가렛 글리슨이었다.

그런데 놀랍게도 3번 타자인 코리 시거를 상대로 병살타를 이끌어내며 순식간에 주자를 지워 버리고, 아웃 카운트도 2개나 올려 버렸다.

이어진 4번 타자 마이크 트라웃이 내야 뜬공을 치며 이닝 종료.

보통의 투수였다면 분명히 크게 흔들렸던 상황이었지만, 가렛 글리슨에게는 아무렇지도 않아 보였다.

오히려 상황이 역전되고 말았다.

환상적이라 불러도 좋을 정도로 깔끔하게 위기 상황을 극복한 가렛 글리슨과 세인트루이스 카디널스의 선수들은 자신감이 충만해졌고, 기회를 날려 버린 다저스의 선수들은 찜찜한 기분을 털어버릴 수가 없었다.

'상황이 묘하게 변해 버렸네.'

마운드에 서서 슬쩍 야수들을 돌아보니 표정들이 신통치 않았다.

1회에 1점을 냈으니 표정들이 밝아야 하는데, 전혀 그렇지 않으니 나 역시 기분이 썩 좋다고 할 수가 없었다.

'분위기를 한순간에 뒤집어 버리다니.'

시선을 세인트루이스 카디널스의 더그아웃으로 향했다.

가렛 글리슨은 여전히 담담한 표정을 하고 있었다.

1실점을 했음에도 투구수는 고작 14구.

무엇보다도 1번 타자에게 7구를 던졌다는 걸 생각하면 놀라울 정도로 적은 투구수다.

투구수가 적다는 건 투수 본인에게도 큰 도움이 되지만, 정말 중요한 건 야수들의 집중력을 흐트러 놓지 않는다는 점에서 굉장히 신경을 써야 할 부분이 된다.

공격은 길게, 수비는 짧게.

야구의 대표적인 명언이다.

수비의 핵은 누가 뭐라고 하더라도 투수고, 그렇기에 야구를 투수 놀음이라 부르는 이유다.

1점 리드를 하고 있다고 하지만 분명 상황 자체는 다저스보다는 카디널스가 더 좋았다.

다시 상황을 반전시키려면?

타석으로 천천히 들어서는 세인트루이스 카디널스의 4번 타자, 헤일리 하비를 쳐다봤다.

'제물이 필요하겠지.'

내 시선에 눈썹을 일그러트리더니 사납게 노려보는 헤일리 하비의 모습을 보며 글러브 속에 담겨 있는 공을 강하게 움켜잡았다.

*　　　　*　　　　*

"우와아아아아!"

"나이스!"

태블릿PC의 화면을 바라보던 아이들이 하나같이 탄성을 내질렀다.

"또 삼진이야!"

"그냥 삼진도 아니야! 3구 삼진이잖아!"

"진짜 어떻게 저렇게 공을 잘 던질 수 있는 걸까?"

"그러게 말이야. 메이저리그에서 저렇게 쉽게 삼진을 잡는 투수는 솔직히 얼마 없잖아?"

"정말 끝내준다니까!"

교복을 입은 아이들이 상기된 표정으로 저마다 말했다.

아이들의 칭찬에 중심에 앉아 있던 여학생이 슬그머니 미소를 지었다.

"그런데 지아야, 너희 오빠 언제 한국에 오는 거야? 시즌 다 끝나면 한국 오는 거야?"

한 여학생의 물음에 미소를 짓고 있던 여학생, 차지아가 곧바로 대답했다.

"아마도 그럴 거야."

"7월에 안 와? 다저스는 올해 챔피언스 리그에 나가지 않아서 7월 동안 휴가나 다름없을 텐데?"

한 남학생의 말에 아이들의 시선이 그에게로 쏠렸다.

"챔피언스 리그에 나가지 않으면 휴가 받는 거야?"

"보니까 그렇던데? 챔피언스 리그에 나가지 않는 팀의 선수들은 대부분 7월 달에 여행을 가기도 하고, 휴양지에서 휴가를 즐기기도 하더라고. 뭐 그래봐야 일주일 정도뿐이지만."

자신 있게 말하는 남학생의 모습에 아이들의 시선이 다시 지아에게로 향했다.

"너희 오빠가 아무런 말도 안 했어?"

친구의 물음에 지아는 살짝 눈을 일그러트렸다가 곧바로 아무렇지도 않다는 듯 대답했다.

"너희도 TV 봐서 알잖아. 우리 오빠의 하루 일과는 항상 야구로 시작해서 야구로 끝나는 사람이라서 휴가가 있다고 해도 쉽게 한국에 올 수가 없어. 더군다나 시즌 중에 한국까지 왔다 갔다 하는 일이 쉬운 일도 아니고."

지아의 말에 아이들이 하나둘 수긍한다는 듯 고개를 끄덕였다.

MSB 방송국에서 방송된 '한국의 영웅, 차지혁! 메이저리그를 정복하다!' 라는 특별 다큐 프로그램은 말 그대로 대박이 났다.

시청률 54.7%.

무려 50%를 돌파해 버렸다.

당연한 결과이기도 했다.

차지혁이 지금까지 세운 각종 기록들만 하더라도 그에 대한 관심은 이미 예견된 결과였다. 거기에다 야구 외엔 각종 언론 방송을 통해 그 모습을 좀처럼 볼 수 없는 신비주의 이미지도 한몫을 단단히 했다.

야구를 엄청나게 잘하는 선수라는 건 이미 알려졌지만, 그가 뭘 먹으며, 쉴 때는 뭘 하고 어떤 훈련을 하는지 등등 대중의 관심은 무척이나 높았다.

하지만 방송 출연은 전무하고 언론과의 인터뷰조차 쉽게 하질 않으니 알 수 있는 정보가 무척이나 한정적일 수밖에 없었다.

그런 시기에 이루어진 밀착 취재는 가뭄 속 단비가 아닌 홍수였다.

냉정하게 판단해서 방송 자체는 큰 재미가 없었다.

단조로운 일상, 반복적인 생활의 연속이었기에 크게 관심을 가질 만한 내용은 거의 없었다.

그럼에도 시청자들은 열광했다.

특히, 같은 운동선수들이 보기에도 고개를 절레절레 저을 정도의 훈련을 하루도 빼놓지 않는 차지혁의 끈기와 노력에 그가 어째서 어린 나이에 그토록 막대한 성공을 거두고 있는지 인정할 수밖에 없었다.

방송 이후, 차지혁은 노력하는 천재의 표본과도 같은 인물이 되었다.

무수히 많은 사람들이 자극을 받았고, 차지혁을 더욱더 사랑하게 됐다.

그동안 언론 노출을 극도로 자제했던 차지혁의 행동을

건방지다며 비난했던 이들은 슬그머니 자취를 감췄고, 어딜 가더라도 차지혁처럼 노력하면 얼마든지 성공할 수 있다는 희망찬 이야기들이 꽃을 피웠다.

"하긴, 남들처럼 놀 때 다 놀았다면 지금처럼 됐을 리가 없겠지."

남학생의 말에 모든 아이들이 고개를 끄덕였다.

그러는 사이 수업을 알리는 종이 울렸다.

차지혁의 경기를 보기 위해 몰려들었던 아이들이 하나둘 자신의 자리로 돌아갔다.

'메이저리거가 휴가도 있었어? 하긴, 그래봐야 그 야구 로봇이 휴가를 즐길 리가 없지. 그래도 아쉽네. 8월이었으면 딱이었을 텐데.'

방학이 시작되면 곧바로 부모님과 미국으로 가기로 한 지아였다.

다만, 휴식월에 맞물렸다면 짧게나마 가족 모두가 여행을 갈 수도 있었을 텐데 하는 아쉬운 생각을 하는 지아였다.

"아싸!"

책상 서랍에 슬그머니 켜 둔 핸드폰에서는 차지혁이 또다시 상대 타자를 삼진으로 잡아내고 있었다.

*　　　*　　　*

"재밌군."

랜디 존슨이 오랜만에 입가에 미소를 지으며 웃었다.

그는 진심으로 양 팀 투수들의 호투에 감탄을 하고 있는 중이었다.

차지혁과 가렛 글리슨은 서로 주도권을 쥐기 위한 호투를 펼치고 있었다.

메이저리그를 대표했던 투수로 활약했던 랜디 존슨이고, 전설이 된 그이기에 현재 LA 다저스와 세인트루이스 카디널스의 분위기를 누구보다 잘 파악하고 있었다.

아무것도 모르는 팬들이 보기에는 1회부터 LA 다저스가 득점에 성공하며 주도권을 잡았다고 여기고 있겠지만, 실상은 전혀 달랐다.

실점 이후, 가렛 글리슨이 호투를 보이며 분위기를 정반대로 돌려놨었다.

그랬던 분위기가 고작 2회 초가 끝나며 급변했다.

3타자 연속 삼진.

헤일리 하비, 할 매케인, 프래스턴 팰럼보를 2회 초에 연속 삼진으로 잡아내며 세인트루이스 카디널스의 분위기에 찬물을 끼얹었다.

주춤거렸던 LA 다저스 선수들에게 힘을 실어주기에 충분했다.

하지만 가렛 글리슨은 만만하지 않았다.

다시 2회 말, 다저스 타자들을 상대로 또 한 번 병살타를 이끌어냈고, 2루타를 맞았음에도 불구하고 무실점으로 이닝을 마쳤다.

분위기가 다시금 세인트루이스 카디널스 쪽으로 가나 싶었지만, 3회 초 차지혁은 무섭도록 타자들을 압도했다.

매 이닝마다 투수들의 활약에 따라 주도권이 왔다 갔다 했다.

이런 경기는 실로 오랜만이었다.

팬들 입장에서야 점수가 나지 않으니 지루하게 보일 수도 있지만, 야구를 보는 눈이 조금이라도 있다면 이 경기를 보면서 긴장감으로 손에 땀을 쥐고 있을 것이다.

"점수가 생각보다 잘 나오지 않네요?"

곁에 앉아 있던 안젤라 쉴즈의 말에 랜디 존슨은 고개만 끄덕였다.

1회, 2회, 3회, 4회, 5회까지 LA 다저스 타자들은 매 이닝마다 안타를 치고 출루했다.

그런데 점수는 고작 1회에 얻은 1점이 끝이다.

굉장히 많은 안타를 치고, 끊임없이 타자들이 출루하는 모습을 보이고 있었지만 득점과는 무관했다.

'굉장히 효율적인 투구를 하는 군.'

현재 다저스의 공격이 뚝뚝 끊기는 이유는 바로 가렛 글리슨 때문이다.

큰 특징이 없음에도 불구하고 세인트루이스 카디널스의 에이스라는 자리를 지키고 있는 이유, 매년 200이닝 이상 투구가 가능한 이유가 유감없이 드러나는 경기였다.

3개의 병살타를 유도해 냈고, 루 상의 주자가 움직일 수 없는 타구를 만들어냄으로써 실점을 틀어막고 있는 가렛 글리슨의 투구 내용은 무척이나 인상적이었다.

무엇보다 놀라운 사실은 투구수였다.

5회까지 마친 가렛 글리슨의 투구수는 64개였다.

1실점, 8개의 안타, 3개의 볼넷, 1개의 고의사구까지 기록하고 있는데 투구수는 고작 64개뿐이니 기가 막힐 노릇이다.

'현 상태를 유지한다면 완투까지도 충분히 노려볼 만하겠군.'

1실점을 하고 있다는 게 아쉽게 느껴질 정도다.

반면 차지혁은 오히려 그보다 더해 5회까지 투구수가 61개다.

그리고 퍼펙트게임을 기록 중이다.

5회까지 잡은 탈삼진 개수가 무려 11개.

15명의 타자를 상대로 11명을 삼진으로 돌려세웠으니 무시무시한 탈삼진 능력이었다.

'시즌 3번째 퍼펙트게임을 달성할 수 있을지도 무척이나 궁금하군.'

투수가 세울 수 있는 최고의 기록 퍼펙트게임을 한 시즌에 3번이나 달성한다?

랜디 존슨은 그저 웃고 말았다.

생각만으로도 웃음이 나올 정도로 말이 안 되는 기록이기 때문이다.

무엇보다 차지혁은 올 시즌 메이저리그에 데뷔를 한 신인 투수다.

한국에서 프로 경험을 했다는 걸 감안한다 하더라도 고작 프로 2년 차의 햇병아리다.

앞으로 얼마나 더 오랜 기간 메이저리그에서 선수 생활을 할지 알 수 없지만, 분명한 건 현대 야구에서 내세울 수 있는 모든 기록들이 차지혁 한 사람으로 인해 현재 진행형으로 깨지고 있다는 사실이다.

'하지만 어디까지나 가정일 뿐이지.'

메이저리그에서 오랜 시간 선수로 뛴다는 것 자체가 굉장히 힘든 일이다.

특히, 투수에겐 더욱더 힘들다.

부상과 예기치 못한 사고가 항상 변수처럼 일어나는 메

이저리그에서 10년 동안 선수 생활을 한다는 것 자체부터가 위대하다 부를 만한 일이다.

"척이 오늘 퍼펙트게임을 할 수 있을까요? 랜디가 보기엔 어때요?"

안젤라 쉴즈의 물음에 랜디 존슨은 마운드에 서서 6회 초 투구를 준비 중인 차지혁을 바라보며 대답했다.

"기대는 해볼 만할 것 같군."

"그렇죠? 어쩌죠? 나 지금 무척이나 흥분돼요! 척의 첫 번째 경기 관람이 퍼펙트게임이라니~ 무척이나 운명적이지 않나요?"

사춘기 소녀처럼 들떠서 운명적이라 말을 하는 안젤라 쉴즈의 모습에 랜디 존슨은 가볍게 혀를 찼다.

'여자들이란.'

     *   *   *

6회 초.

어느덧 경기는 중반의 마지막에 도달했다.

5회까지 61개의 공을 던졌기에 투구수에는 문제가 없었지만, 매 이닝마다 전력투구를 하다 보니 체력적으로 적지 않은 피로감이 느껴지는 건 사실이었다.

'가렛 글리슨… 정말 쉽지 않네.'

지금까지 많은 투수와 맞대결을 벌였지만, 가렛 글리슨만큼 힘든 상대는 없었다.

투수는 타자를 상대하지만 결과적으로는 상대 투수와 싸운다.

내가 던지는 공을 치는 건 타자들이지만, 그 결과에 영향을 받는 건 상대팀 선발 투수이기 때문이다.

가렛 글리슨은 무리하지 않고 정말 편안하게 투구를 했다.

안타를 맞아도 흔들리지 않았고, 주자를 출루시켜도 다음 타자를 상대로 가장 효과적인 투구로 최적의 결과를 이끌어냈다.

그렇기에 다저스 타자들은 많은 안타를 치고, 지속적으로 출루를 하고 있음에도 점수를 내지 못하니 체력 소모는 큰 반면 심리적으로는 허무감에 빠져 승기를 확실하게 잡지 못했다.

이런 상황을 반전시키기 위해서, 나 역시 카디널스 타자들을 상대로 전력투구를 하며 압도적인 투구 내용을 보일수밖에 없었다.

여기서 내가 실점을 하게 된다면 다저스 타자들은 조급해지고, 그건 곧 가렛 글리슨이 원하는 방향으로 경기가 끌려가게 된다.

그런 결과를 막기 위해서라도 나는 지금처럼 카디널스 타자들을 압도할 필요가 있었다.

6회 초, 세인트루이스 카디널스의 선두 타자는 지미 곤잘레즈.

작년 0.247의 타율에 13개의 홈런을 때린 지미 곤잘레즈는 놀랍게도 22살의 젊은 나이로 올 시즌이 메이저리그 2년 차인 유격수였다.

무엇보다 빠른 발과 강한 어깨를 가지고 있는 지미 곤잘레즈의 수비력은 벌써부터 메이저리그를 대표하는 유격수가 될 거라는 전문가들의 평가가 지배적이었다.

거기에다 유격수라고 하기엔 강력한 파워까지 갖고 있었기에 최종적으로 지미 곤잘레즈를 두고 골든 글러브와 실버 슬러거를 모두 독식하게 될 유격수라는 핑크빛 미래가 예견되고 있었다.

타석에 선 지미 곤잘레즈의 눈빛이 한 마리의 맹수처럼 번들거렸다.

전 타석에서 워닝 트랙까지 날아갔었던 좌익수 뜬공으로 아웃을 당하며 무척이나 아쉬워했던 그의 모습이 머릿속에서 떠올랐다.

앞선 타석에서 조금만 더 배트에 힘을 실었다면 분명 넘겼을 거라 확신을 하고 있으니 보이는 모습이다.

한 방을 노리고 있겠지.

쥐고 있는 배트, 밟고 선 스탠스, 타격 자세까지 모든 것이 그걸 말해주고 있었다.

홈런을 노리는 타자.

선두 타자를 쉽게 상대할 수 있다는 생각과 함께 형수와 사인을 주고받은 후에 초구를 던졌다.

쇄애애액.

포심 패스트볼을 노리고 있었다는 듯 지미 곤잘레즈가 잔뜩 힘이 느껴지는 스윙을 시작했다.

배트가 막 공을 때리려는 순간, 공의 궤적이 살짝 변했다.

컷 패스트볼이었다.

내가 미소를 짓는 순간.

딱!

묵직한 타격음과 함께 새하얀 공이 곧장 내 가슴을 향해서 날아왔다.

퍼억!

손바닥이 얼얼할 정도의 충격에 저절로 인상이 일그러졌다.

본능적으로, 무의식적으로 글러브로 가슴을 가렸다.

문제는 공을 잡는 볼 집이 아닌 손바닥 부분으로 공을 막았다는 점이다.

엄청난 통증이 밀려들어 반사적으로 글러브에서 손을 빼냈다.

흔하게들 말하는 총알과도 같은 타구의 속도는 기본적으로 100마일을 상회한다.

한 해에 가장 빠른 타구들의 경우 최소 115마일에서 120마일을 넘기기까지 한다.

투수가 던지는 공과는 비교도 되지 않을 빠르기다.

지미 곤잘레즈의 타구는 대략적으로 100마일 이상으로 빨랐다.

무엇보다 투수가 공을 던지는 준비 동작부터 던지는 순간까지 집중해서 지켜보는 타자와 다르게 투수의 경우엔 공을 던지고 난 직후 타구가 곧장 날아오니 그 빠르기는 단순 비교로 따질 수가 없을 정도로 상상을 초월한다.

그렇기에 투수는 공을 던지고 나서 끝까지 자신의 공을 지켜봐야만 한다.

"지혁아!"

포수인 형수가 가장 먼저 마스크를 집어 던지며 마운드로 달려왔다.

동시에 야수들도 마운드로 모여들었고, 더그아웃에서는 게레로 감독이 가장 먼저 달려 나왔으며, 뒤이어 투수 코치와 의료진까지 뛰쳐나왔다.

"다치지 않았어?"

형수가 걱정스럽게 바라보는 사이 나는 괜찮다며 고개를 끄덕였다.

"다행이군. 척의 반사 신경이 좋지 못했다면 큰 사고가 났을 거야."

코리 시거의 말에 다른 야수들 모두 고개를 끄덕였다.

"손바닥 좀 보여주게."

게레로 감독에게 손바닥을 내밀자 그의 표정이 찌푸려졌다.

잠깐 사이에 손바닥이 빨갛게 부어오르고 있었다.

"제가 살펴보도록 하죠."

의료진이 곁으로 다가오자 게레로 감독이 살짝 옆으로 비켜섰다.

"어떻습니까?"

손바닥을 꾹꾹 누르고, 손가락을 움직이는 등 의료진의 간단한 촉진만으로도 통증이 느껴졌지만, 생각보다 심각한 수준은 아닌 것 같았다.

그러나 손바닥 엄지손가락 아래의 두툼한 부분에 공을 맞았기 때문인지 그곳을 건드릴 때마다 절로 눈가가 일그러졌다.

"다행스럽게도 뼈에는 이상이 없는 것 같습니다."

의료진의 말에 게레로 감독과 투수 코치는 다행이라는 듯 안도의 눈빛을 보였다.

"단순 타박상 정도로 생각하면 됩니다만, 통증이 계속해서 지속된다면 병원에서 자세하게 검사를 해봐야 합니다."

의료진의 말에 누구보다도 내가 먼저 말을 꺼냈다.

"이번 이닝까지 던져 보고 결정을 내리겠습니다."

공을 던지는 손은 어차피 왼손이다.

오른손은 글러브를 끼고 있는 손일 뿐이다.

투구를 함에 있어 아주 문제가 없다고는 할 수 없지만, 반대로 큰 문제가 있다고 할 수도 없었다.

약간의 통증을 느끼기는 하겠지만, 그 정도는 얼마든지 참을 수 있었다.

의료진의 말처럼 손가락을 움직이는 것이 불가능한 것도 아니고, 그저 손바닥에 강한 충격을 받은 단순 타박상 정도로밖에 생각이 들지 않았기에 성급하게 병원까지 갈 필요는 없을 것 같았다.

"정말 괜찮겠나?"

게레로 감독은 절대 무리할 필요 없다는 듯 날 바라봤다.

당장 승리를 해야 할 정도로 중요한 경기도 아니었으니까.

"통증이 심해지거나, 투구에 문제가 생긴다 싶으면 곧바로 교체 요청을 하겠습니다."

내 대답에 게레로 감독은 내가 아닌 의료진을 바라봤다.

끄덕.

그 정도는 괜찮다는 듯 의료진이 고개를 끄덕이자 게레로 감독도 알겠다며 대답했다.

"자네 뜻을 존중하겠네. 하지만 조금이라도 통증이 더 심해지거나, 투구에 문제가 있다 판단이 든다면 그때는 가차 없이 교체할 것이니 그렇게 알고 있게."

"알겠습니다."

게레로 감독은 이어서 의료진에게 간단하게 통증을 완화시킬 수 있도록 간단한 치료만이라도 하라고 했다.

의료진은 스프레이를 뿌리고 가볍게 손바닥 주변을 마사지하듯 주무르기 시작했다.

그렇게 약간의 시간이 지나자 주심이 다가왔다.

"경기를 속행해야 하니 지속적으로 치료가 필요하다면 교체를 하는 게 좋을 겁니다."

주심의 말에 게레로 감독은 살짝 인상을 찌푸렸지만, 군소리 없이 마운드를 내려갔다.

"정말 괜찮은 거지? 괜히 무리하지 말지?"

"괜찮아. 누구보다 내 몸이 소중하다는 걸 잘 알고 있으니까 걱정할 것 없어."

내 대답에 형수는 알겠다며 내 어깨를 가볍게 두드리고

는 자신의 자리로 돌아갔다.

아직까지도 손바닥이 얼얼했지만, 확실히 처음보다는 훨씬 좋아진 상태였다.

'글러브로 막지 못했다면…….'

생각만 해도 아찔한 순간이다.

가슴에 정통으로 타구를 맞았다면 아마도 생각보다 심각한 부상을 입었을지도 모를 일이다. 만에 하나라도 얼굴로 타구가 날아들었거나 무릎과 같은 곳이었다면?

상황에 따라서는 그대로 시즌 아웃, 심한 경우에는 야구 인생 자체가 끝날 수도 있었을 정도로 위험한 곳이다.

새삼 마운드가 얼마나 위험한 곳인지를 다시 한 번 깨달았다.

*   *   *

"괜찮을까?"

정혜영은 걱정스러운 표정으로 마운드 위의 차지혁을 바라봤다.

순식간에 벌어진 일이었다.

차지혁이 공을 던지고, 그 공이 다시 되돌아오기까지 말 그대로 눈 깜빡할 사이에 벌어진 일이라 너무 놀라서 어떤 말도 할 수가 없었다.

"교체를 하지 않는 걸로 봐서는 괜찮은 모양이야."

에바가 정혜영을 안심시켜 주고 있었지만, 놀라긴 그녀 역시도 마찬가지였다.

자신이 던진 공에 의외로 크게 부상을 입는 투수들이 많다.

아무리 차지혁이 위력적인 공을 던진다 하더라도 부상 앞에서는 무의미했다.

운동선수의 최대 약점이 바로 부상이다.

절정의 기량을 발휘하며 세계 최고의 실력을 지녔다 하더라도 부상 한 번으로 기량이 반 토막 나거나, 은퇴를 하는 일이 비일비재하게 일어나는 세계가 바로 운동선수들의 인생이다.

현재 차지혁이 메이저리그에서 최고의 활약을 하고 있는 투수인 건 사실이지만, 부상으로 기량이 떨어지거나 은퇴를 하게 된다면 그저 한순간 반짝했던 비운의 선수로 기억될 뿐이다.

'드라이브(drive)성 타구라서 다행이었어. 만약 코앞에서 바운드가 됐다거나, 타구의 방향이 하체 쪽으로 향했다면 정말 큰일이 일어났을 수도 있었으니까.'

타구가 직선으로 날아간 것이 그야말로 행운이라 여기는 에바였다.

"아직도 심장이 떨려서 도저히 못 보겠어."

정혜영의 말에 에바가 그녀의 손을 잡아줬다.

"오늘 경기의 승패가 중요한 것도 아니고, 차지혁 선수라면 굳이 무리를 하면서까지 공을 던지려고 하지 않을 테니 괜찮을 거야."

"그렇겠지?"

언론과의 인터뷰, 이번에 제작되어 방송된 다큐에서까지 차지혁은 누구보다 오래 선수 생활을 하겠다는 의지를 몇 번이나 피력했었다.

그런 차지혁을 두고 팀을 위한 희생정신이 없다며 비난하는 사람들도 있었지만, 에바는 그런 비난을 옳지 못하다고 여겼다.

팀을 위해 희생을 한다?

말은 좋지만, 결과적으로 그렇게 희생해서 부상을 입거나, 기량이 떨어지면 팀은 언제든 선수를 방출하거나 트레이드시켜 버릴 수 있었다.

프로는 결국 결과로 말을 할 뿐이다.

희생정신 조금 부족하다고 실력 좋은 선수를 싫어하는 팀은 어디에도 없다.

무엇보다 정말 팬이라 자처한다면 팀을 위한 희생정신도 좋지만, 그보다 더 우위에 놓을 수 있는 건 오래오래 그 선수가 팀의 일원으로 좋은 성적을 유지하며 현역 생활을 이어나가는 것이었다.

다행스럽게도 마운드 위에서 다시 투구를 시작한 차지혁은 큰 문제가 없어 보였다.

그런 모습을 보이고 나서야 주변에서 차지혁을 걱정하던 다저스의 홈팬들이 하나둘 안도의 한숨을 내쉬며 그를 향해 격려의 박수를 쳐 주기 시작했다.

"오늘 경기가 중요한 승부처도 아닌데 왜 척에게 계속 던지게 하는 거야? 당장 척을 교체시켜!"

"척은 우리 다저스의 보물이라고! 함부로 굴리지 말란 말이야!"

"이봐! 척! 그렇게 무리할 필요 없으니까 적당히 내려가라고! 나는 네가 포스트 시즌과 월드 시리즈에서 던지는 모습을 보고 싶단 말이야!"

일부 팬들은 차지혁을 보호해야 한다며 목소리를 높였다.

아무리 멀쩡하게 보여도 투수가 몸을 얼마나 소중하게 여겨야 하는지 알기에 하는 팬들의 조언이었다.

'과연 데뷔 시즌에 이렇게 많은 사랑을 받은 선수가 또 있었을까?'

에바는 다저스 팬들의 차지혁 사랑에 감탄을 하면서도 한편으로는 차지혁이 필라델피아 필리스에서 뛴다면 얼마나 행복할까 싶어 자연스럽게 미소가 지어졌다.

필리건이라며 과격하기로 유명한 필라델피아 필리스의 팬들이지만, 차지혁과 같은 투수라면 그 어떤 구단의 팬들보다도 격렬하게 사랑을 해줄 거라고 확신했다. 물론, 성적이 조금만 떨어지면 그 사랑이 애증으로 변해 엄청난 비난을 받기도 하겠지만.

천당과 지옥을 오가는 기분.

필라델피아 필리스의 선수들이라면 누구나가 느끼는 기분일 것이다.

"미국 여자들은 모두 저렇게 열정적으로 응원을 하는 거야?"

에바는 정혜영이 가리키는 곳으로 시선을 돌렸다.

자신들이 앉은 곳에서 멀지 않은 곳에 랜디 존슨과 같은 여자가 봐도 너무 아름다운 미녀, 안젤라 쉴즈가 꽤나 열정적으로 차지혁을 응원하고 있었다.

근래 가장 뜨겁게 인기 몰이를 하고 있는 모델인 안젤라 쉴즈를 모를 에바가 아니었다.

"모델인가? 엄청 예쁘네."

정혜영의 말에 에바가 픽 웃었다.

"혜영, 너도 상당히 예뻐. 그러니까 부러워할 것 없어."

"그래? 에바도 무척이나 예쁜 거 알고 있지?"

에바는 가볍게 미소를 지어주고는 다시 안젤라 쉴즈에게로 시선을 옮겼다.

경기 직전 랜디 존슨과 함께 존재감을 뽐냈었던 안젤라 쉴즈였기에 그녀를 바라보는 사람들이 상당했다. 그럼에도 불구하고 그녀는 당당하게 차지혁을 응원하며 경기를 관람하고 있었다.

차지혁에 대한 팬심이 깊은가 싶으면서도 한편으로는 이상한 기분이 들었다.

운동선수와 모델.

너무나 흔해빠진 조합이지만, 그만큼 쉽게 이뤄지는 조합이기도 했다.

'안젤라 쉴즈가 차지혁 선수에게 대시를 한다고 하더라도 받아주지 않겠지? 분명히 그럴 거야. 차지혁 선수의 성격이라면 분명히…….'

생각을 하던 에바는 자신이 왜 이런 생각을 하나 싶어 고개를 흔들고는 경기에 집중했다.

모두를 깜짝 놀라게 만들었던 차지혁은 보란 듯이 세인트루이스 카디널스의 8번 타자 세바스티안 로버츠와 선발 투수이자 9번 타자인 가렛 글리슨을 삼진으로 돌려세우며 당당하게 마운드를 내려갔다.

모두의 심장을 덜컥 내려앉게 만들었던 6회 초 LA 다저스의 수비가 끝이 났다.

*　　　*　　　*

더그아웃으로 돌아오니 가장 먼저 게레로 감독이 손부터
내밀었다.

"손 좀 보여주게."

오른손을 내밀자 게레로 감독은 손을 꽤나 자세하게 살
펴보다가 가볍게 손바닥을 눌렀다.

"통증은 없는 건가?"

"약간 남아 있기는 하지만 괜찮습니다."

내 대답에 게레로 감독의 표정이 한결 밝아졌다.

"알겠네."

게레로 감독을 지나쳐서 더그아웃 한편에 엉덩이를 깔고
앉자 기다렸다는 듯 투수 코치가 다가왔다.

그 역시도 내 손부터 살펴봤고, 크게 이상이 없다는 걸
확인하고는 안도의 한숨을 내쉬며 말했다.

"맥브라이드 단장이 직접 전화까지 걸어서 오늘 경기의
승패와는 상관없이 자네를 교체시키라고 지시를 했네."

"예?"

"내가 지금까지 다저스에서 코치로 일한지 5년이 넘었지

만, 맥브라이드 단장이 경기에 직접적으로 선수 교체를 지시한 적이 없었기에 상당히 충격적이었네. 말은 하지 않아도 감독도 꽤 기분이 좋지 않을 거야."

게레로 감독을 다시 바라봤지만, 그는 여전히 별다른 표정을 드러내지 않고 있었다.

하지만 투수 코치의 말처럼 맥브라이드 단장의 행동으로 인해 상당히 불쾌해하고 있을 것은 분명했다.

"큰 문제도 일어나지 않았는데 괜히 저 때문에 감독님께서 기분이 상했겠군요."

"자네 잘못은 아니지. 하지만 오늘 일을 꼭 기억해 줬으면 하네. 자네가 우리 다저스에 얼마나 소중한 선수인지 말이야."

투수 코치는 그렇게 말을 끝내고는 게레로 감독에게 다가가서 이야기를 나누기 시작했다.

"손은 괜찮은 거야?"

필 맥카프리가 곁에 앉았다.

평소 딱히 대화를 자주 나누는 사이가 아니었기에 그의 행동이 어색하게 느껴졌다.

"공을 던지는 손이 아니라서 괜찮아요."

"다행이군."

진심인지, 거짓인지를 군이 파악하고 싶지 않았기에 고

개만 끄덕였다.

"네가 부상으로 빠지면 그만큼 팀에 손해가 크니 무리하지 말고 던져."

이건 진심이었다.

어떤 다른 뜻이 있는 게 아니라 진심으로 나를 걱정해 주고 있었다.

그 말을 남기고 필 맥카프리가 몸을 일으켜 다른 곳으로 가버렸다.

그러자 곁에서 맴돌고 있던 토렌스가 다가왔다.

"맥카프리가 뭐라고 그래?"

"부상당하지 말라고 하던데요?"

"그래?"

토렌스는 의외라는 표정을 짓다가 이내 피식 웃었다.

"왜 웃어요?"

"맥카프리도 알고 있는 거지. 네가 밉더라도 네가 없으면 월드 시리즈는커녕 지구 우승조차도 당장 장담하기 힘들다는 걸."

"아."

"알고 있는지 모르겠지만, 맥카프리는 내년이 계약 마지막 해거든. 구단에서는 맥카프리와 연장 계약을 맺고 싶어 하는데, 계약 기간과 조건 때문에 협상이 잘 이뤄지지 않나

봐. 그것 때문에 선수들 사이에서는 맥카프리가 올 시즌이 끝나고 이적할 수도 있다고 생각하기도 하고. 어쨌든 그렇게 떠나기 전에 우승 반지 한 번 껴보고 싶은 거겠지. 그래도 자신의 야구 인생에 있어 전성기를 보내고 있는 팀인데 우승 한 번 못 해보면 그렇잖아? 그러니 싫어도 네가 필요하다 판단한 거겠지."

"그런가요?"

"분명 그럴 거야. 그리고 그건 다른 선수들도 마찬가지야. 너야 기회가 많이 남아 있다지만, 몇몇 선수들은 전혀 그렇지 않잖아?"

나이가 들어 당장 내년 시즌조차 장담할 수 없는 선수, 밑에서 치고 올라오는 유망주들로 인해 팀에서의 입지가 불안한 선수, 계약 기간은 끝나 가는데 협상은 마음처럼 진행되지 않는 선수 등 일부 선수들의 모습이 눈에 들어왔다.

"그러니까 모두를 위해서라도 부상은 절대 당하지 말도록 해. 대놓고 몸을 사린다 하더라도 널 욕할 선수는 아무도 없으니까 차라리 그렇게 해. 대신, 마운드에서는 지금처럼 상대를 압도하는 모습만 보여줘."

내 어깨를 툭툭 두드리며 웃는 토렌스의 모습에 천천히 고개를 끄덕였다.

"그럴게요."

더 던질 수 있다는 걸 피력했음에도 불구하고 결국은 교체가 되고 말았다.

맥브라이드 단장의 압력인지, 마크 앨런 구단주의 직접적인 지시인지 알 수 없지만 결과적으로 게레로 감독은 내게 수고했다며 7회에는 마운드에 올라갈 수 없다는 말을 전했다.

병원으로 가서 각종 검사를 해보라는 성화에 경기가 끝나고 가겠다는 마지막 고집을 부림으로써 본의 아니게 더그아웃에 앉아서 남은 경기를 지켜봐야만 했다.

6회까지 퍼펙트게임.

솔직히 아쉬운 감정이 없다면 거짓말이다.

하지만 과연 남은 3이닝마저 퍼펙트게임을 달성할 수 있을지에 대해서는 자신이 없었다.

'통증이 남네.'

오른손의 통증이 계속해서 남아 있었다.

그렇다고 6회 때보다 더 심해지거나, 정도가 여전한 건 아니었지만 확실히 통증은 계속해서 남아 있었다.

무엇보다 퉁퉁 부어오른 손으로 인해 글러브를 끼기가

불편해졌다.

문제는 이런 상태에서 손에 다시 한 번 충격이 가해지면 상태가 더욱 악화될 수 있다는 의료진의 충고가 있었다.

내가 내려간 마운드를 이어 받은 건 알렉스 트레더웨이로 현재 다저스 불펜의 핵심 투수로 현재까지 평균자책점 1.13으로 리그 정상급의 활약을 보여주고 있었다.

"아무리 카디널스 놈들이 발악을 한다고 해도 트레더웨이와 펠런이라면 네 승리를 지켜줄 수 있을 테니까 걱정 마."

토렌스의 말에 나 역시 크게 걱정하지 않는다는 듯 가볍게 웃어주었다.

토렌스와 내 생각대로 트레더웨이는 7회와 8회를 깔끔하게 막아주었다.

세인트루이스 카디널스의 상위 타선과 중심 타선을 상대로 이닝마다 안타 1개씩 내주긴 했지만 무실점으로 자신의 역할을 100% 완수해 냈다.

마지막으로 9회에 마운드에 오른 다저스의 마무리 투수 샌디 펠런.

2021년 22살의 나이에 신인 드래프트 1라운드에 지명을 받으며 LA 다저스와 계약을 했을 때만 하더라도 모든 관계자들은 그가 3년 안에 다저스 선발진의 한 축을 담당해 줄 것이라고 믿어 의심치 않았다.

평균 95마일에 이르는 빠른 포심 패스트볼과 슬라이더, 그리고 BA 구종 평가에서 무려 70점을 받아냈던 환상적인 포크볼까지 선발 투수로서의 자질이 충분했던 샌디 펠런이었다.

약점이라면 들쑥날쑥한 제구력과 체력적인 문제였는데, 다저스에서는 3년 안으로 충분히 고칠 수 있다고 자신을 했었다.

그러나 결과적으로 다저스의 노력은 성공을 이루지 못했다.

제구력도 잡혔고, 체력적인 부분도 분명 크게 향상되긴 했으나 고질적으로 샌디 펠런에게는 내구성이 부족했다.

이닝이 길어질수록 샌디 펠런은 구위가 떨어졌고, 제구력도 흔들렸다.

진단 결과 어깨와 팔꿈치가 약해 이닝 소화 능력이 부족하다는 판정을 받으면서 샌디 펠런은 선발의 꿈을 접어야만 했다.

그렇게 선발의 꿈을 꺾은 샌디 펠런은 곧바로 마무리 투수로 변신을 했다.

결과적으로 대성공.

메이저리그 30개 구단 가운데 세 손가락에 꼽히는 특급 마무리 투수가 된 샌디 펠런의 연봉은 평균 1,500만 달러가 넘었다.

특급 마무리는 15승 투수 이상의 가치를 가진다는 걸 감안하면 1,500만 달러의 연봉이 결코 아깝지 않은 샌디 펠런이었다.

부웅!

"스윙! 타자 아웃!"

마지막 타자를 상대로 멋진 궤적을 그리며 들어간 포크볼.

마운드 위에서 오른손을 번쩍 치켜들며 세이브를 지켜낸 샌디 펠런의 세레모니를 바라보며 나는 진심으로 고마운 마음을 담아 박수를 쳐주었다.

세인트루이스 카디널스와 LA 다저스의 최종 스코어는 0 : 1.

1회에 얻은 1점이 승부를 결정지었다.

승리에 기쁨의 환호를 터트리는 다저스 선수들을 뒤로하고 세인트루이스 카디널스의 더그아웃을 바라보니 가렛 글리슨이 씁쓸하게 웃고 있었다.

8이닝 1실점 패배.

선발 투수로 굉장한 호투를 벌였기에 더욱더 아쉬운 패배였다.

무엇보다 만약 9회 초에 1점이라도 점수가 나서 동점 상황이 됐다면 가렛 글리슨은 9회에도 당연히 마운드에 올랐을 거다.

8이닝까지 93개의 공을 던지고 있었으니 9회는 물론, 상황에 따라서는 연장전까지도 등판이 가능한 투구수였다.

하지만 아무리 선발 투수가 호투를 벌였다 하더라도 타선에서 받쳐주지 못하면 승리를 할 수 없으니 가렛 글리슨으로서는 쓴웃음을 지을 수밖에 없었다.

경기가 끝나고 기자들이 몰려들었다.

여기저기서 카메라 플래시가 터졌고, 기자들이 너도나도 질문을 퍼부었다.

각기 다른 목소리로 질문을 하고 있었지만 결론은 하나였다.

투구를 이어나갈 수 없을 정도의 부상이냐?

얼마나 큰 부상이냐?

다음 선발 로테이션이 가능하냐?

쏟아지는 기자들의 질문에 구단 측 관계자들과 함께 병원으로 빠져나갔다.

"조금만 일찍 움직였어도 그런 소란은 겪지 않았을 겁니다."

병원으로 향하는 차 안에서 구단 측 관계자가 이마의 땀을 닦아내며 그렇게 말했다.

"죄송합니다."

"그냥 뭐 그렇다는 겁니다."

이후 아무런 말없이 병원에 도착해서 각종 검사를 시작했다.

다른 환자들과 다르게 대기 시간 없이 곧바로 여러 가지 검사들이 실시되었고, 모든 검사가 끝나고 집으로 돌아갈 수 있었다.

"지혁아! 손은 어때? 괜찮은 거야?"

형수가 내 손을 바라보며 걱정스럽게 물었다.

"간단한 깁스야. 생각보다 충격이 컸지만 당분간 이러고 있으면 될 것 같다고 하더라고."

"그럼 다음 경기는?"

"아마도 건너뛰지 않을까 싶네."

"잘됐다. 차라리 이 기회에 좀 쉬어. 괜히 무리하지 말고."

형수의 말에 나는 고개를 끄덕였다.

"참! 너 병원에 가고 나서 랜디 존슨이 찾아왔었어. 시간 나면 전화 좀 달라고 하던데?"

"그래?"

알겠다며 고개를 끄덕이고는 우선 샤워부터 했다.

샤워를 끝내고 시간을 바라보니 전화를 하기엔 조금 늦

은 시간이라 가볍게 스트레칭으로 하루 일과를 마치고 침대에 누웠다.

눈을 감고 잠을 청하려고 할 때에 핸드폰 벨이 울렸다.

액정을 확인하니 아버지였다.

"놀라셨을 텐데, 전화도 안 해드렸구나."

괜한 걱정을 끼쳤다고 자책하며 서둘러 핸드폰을 받았다.

"예, 아버지."

―손은 괜찮은 거냐?

목소리에서 절절히 느껴지는 아버지의 걱정에 다시 한번 스스로를 자책하며 밝게 대답했다.

별일 아니다. 갑작스럽게 충격을 받아서 그런 것뿐이라며 칠 지나면 괜찮아질 거라는 병원의 말을 그대로 전해주었다. 하지만 최대한 자세하게 설명을 함으로써 괜한 오해나 걱정을 하지 않도록 했다.

―그래서 다음 선발 등판은 쉬기로 했다고?

"확실하게 감독님과 이야기를 나눈 건 아니지만 구단 직원도 그렇고 병원에서도 따로 구단으로 통보한다고 했으니 아마도 쉴 가능성이 클 것 같아요."

―절대 무리하지 말고 완전히 몸이 정상 컨디션을 찾으면 그때 등판하도록 해라. 어설프게 등판했다가 성적이 곤두박질치면 너도 그렇고 구단도 그렇고 양쪽 모두 피해를

입을 뿐이니까.

"예. 알고 있어요."

―엄마가 바꿔달라고 하니 받아봐라.

득달같이 전화를 바꾼 어머니는 아버지와 마찬가지로 몸 상태부터 물어왔다.

같은 이야기를 두 번이나 해야 했지만 그걸 귀찮아할 순 없었고, 그래서도 안 되었다.

어머니와 한참을 통화하고 나서야 전화를 끊을 수 있었다.

그렇게 부모님과 통화를 하는 사이에 부재중 전화가 와 있었다.

랜디 존슨이었다.

"걱정이 되는 건가?"

한국과 다르게 시간이 늦은 미국이었지만, 늦은 시간임을 알면서도 랜디 존슨이 먼저 전화를 했으니 나 역시 전화를 해도 큰 실례가 되지 않을 것 같아 곧바로 전화를 했다.

―자는 줄 알았는데 아니었나 보군.

"예. 부모님과 통화를 했습니다."

랜디 존슨과 통화는 간단하게 끝냈다.

당분간 시간이 비어서 LA에 머물 수 있으니 그 기간 동안 만나서 이런저런 이야기를 나누자는 랜디 존슨의 뜻을 나로서는 마다할 이유가 없었다. 반대로 적극적으로 환영했다.

기왕지사 며칠 강제적 휴식기가 생겼으니 그 기간 동안 신구종에 대한 생각을 정리하기로 했다.

눈을 감으니 핸드폰 문자가 울렸다.

혹시라도 주무시고 계실까 싶어 망설이다가… 문자 보냈어요.
손은 괜찮으세요? 오늘 경기 관람하면서 얼마나 놀랐는지 몰라요.
부디 몸 조심해요.
시간 날 때마다 경기장에 찾아가서 응원할게요!

아주 오랜만에 온 정혜영의 문자였다.

"관람을 했다고?"

그 말인 즉, 다저 스타디움에 왔다는 뜻이라 의외였다.

잠시 망설이다 답장을 보냈다.

미국에 오셨습니까?

Chapter 8

"그동안의 모든 경기들… 멋지더군."

랜디 존슨은 그렇게 인사를 하며 손을 내밀었다.

마주 악수를 하며 웃었다.

"고맙습니다."

"내게 고마워할 건 아니지. 그런데 손은 어떻지?"

"며칠 이러고 있으면 된다고 했습니다. 걱정하지 않으셔
도 됩니다."

"다행이군. 그것보다도 자네에게 미안한 일이 있군."

말을 하며 랜디 존슨이 옆에 서 있는 미녀를 바라봤다.

"반가워요! 안젤라 쉴즈예요. 척의 경기는 거의 빼놓지 않고 챙겨볼 정도로 열혈 팬이에요. 어제는 무척이나 아쉬운 경기였어요. 하지만 척의 부상보다 더 중요한 건 없다고 생각해요."

인형이라고 해도 믿을 정도로 완벽한 아름다움을 갖추고 있는 안젤라 쉴즈였다.

지금까지 내가 만나봤던 가장 아름다운 여자는 LA 다저스의 구단주 마크 앨런의 딸 로앤 앨런이었다.

그런데 그 생각을 수정해야 할 정도로 안젤라 쉴즈의 아름다움은 굉장했다.

흠 잡을 곳 없는 얼굴에 늘씬한 키와 볼륨감 넘치는 몸매는 세상의 모든 여자가 부러워하고 질투할 만하다는 생각이 들었다.

"지혁 차입니다. 팬이라고 하시니 감사합니다. 그런데……."

말끝을 흐리며 랜디 존슨을 바라봤다.

안젤라 쉴즈가 어째서 함께 왔냐는 질문을 눈빛으로 보내니 랜디 존슨이 살짝 인상을 굳혔다.

랜디 존슨이 함부로 할 수 없는 사람이라는 건가?

"어떤 목적이 있었던 건 아니에요. 그냥 순수하게 척을 응원하는 팬으로서 존슨 씨가 척과 만난다고 하기에 인사라도 나눌 수 있을까 싶어서 안 된다는 걸 제가 억지로 따라붙은 거예요. 이 부분에 있어서는 진심으로 사과를 드릴게요."

진심으로 사과를 하는 안젤라 쉴즈의 모습에 마지못해 괜찮다는 듯 사과를 받아줬다.

"그런데 어떤 사이입니까?"

내 물음에 랜디 존슨은 간단하게, 안젤라 쉴즈는 꽤 자세하게 대답했지만 나는 랜디 존슨처럼 간단하게 받아들였다.

사진작가와 모델의 관계.

그 이상도 이하도 없는 딱 그 관계일 뿐이었는데, 중요한 건 랜디 존슨이 요즘 각광받고 있는 안젤라 쉴즈와 사진 작업을 할수록 자신의 커리어가 쌓이기에 그녀와의 불편한 동행을 거부하지 않고 있다는 것이었다.

"꽤 유명한 사진작가라고 들었는데, 의외입니다."

야구 선수로서 대성공을 거둔 랜디 존슨이고, 사진작가로도 꽤 성공적인 길을 걷는 중이라고 들었다.

내가 한 말의 요지는 굳이 불편한 동행을 감수해야 하느냐는 것이었다.

"유명할수록 좋은 모델들과 작업을 해야 하니까."

랜디 존슨의 무뚝뚝한 대답에 나는 나도 모르게 혀를 찼다.

"그건 무슨 뜻이지?"

내 반응에 랜디 존슨이 눈을 찌푸리며 날 바라봤다.

"야구계의 발전에 지대한 공을 세울 수 있는 전설적인 분께서 사진계를 위해 헌신하는 걸 보니 안타까워서 그랬습니다. 그 외 다른 뜻은 조금도 없었으니 기분 상하셨다면 진심으로 사과드리겠습니다."

내 대답에 랜디 존슨은 사과까지 할 것 없다는 듯 손을 휘저었다.

"저… 간단하게 뭐라도 먹으면서 대화를 나누면 안 될까요?"

안젤라 쉴즈는 배가 고프다는 듯 나와 랜디 존슨에게 바라보며 웃음을 지어보였다.

약속 장소가 다저 스타디움이었기에 하는 수 없이 내가 간단하게 먹을 만한 것들을 사올 수밖에 없었다.

"햄버거 괜찮겠습니까?"

"저 햄버거 무척 좋아해요. 고마워요! 잘 먹을게요!"

모델이면서도 아무렇지도 않게 햄버거를 먹는 안젤라 쉴즈의 모습에 나는 어깨를 으쓱거리고는 랜디 존슨에게도 햄버거를 건네줬다.

"예전에는 참 많이 먹었지."

오늘 만남에서 처음으로 웃음을 지어보이고는 랜디 존슨

도 햄버거를 먹기 시작했다.

안젤라 쉴즈는 햄버거를 먹으면서 이것저것 내게 쉬질 않고 질문을 해왔다.

"한국에서 방송된 척의 다큐를 봤는데, 가끔씩은 일탈을 꿈꾸지 않나요?"

"그런 적 없습니다."

일탈이라는 단어조차도 생각해 본 적이 없었다.

하루하루 새벽부터 밤까지 각종 훈련을 하다보면 딱히 별다른 생각이 들지도 않았다.

훈련을 하는 목적, 이유가 뚜렷하고 내가 꿈꾸는 목표를 향해 나아간다고 생각하고 있으면 힘들고 지루하다 하더라도 벗어나고 싶다는 생각은 전혀 들지 않는다.

"대단하네요. 사실, 저는 모델이 되고 나니까 바쁜 스케줄 때문에 종종 벗어나고 싶다는 생각이 들거든요. 그런데 그렇게 모델이 되고 싶었던 때를 떠올리면 지금의 내 자신이 참 바보 같기도 해요. 내가 무엇을 위해서 그렇게 노력을 했는데 무슨 생각을 하는 건가 싶더라고요."

단지 얼굴이 예뻐서 모델이 된 게 아니었던가?

가끔 TV를 보다 보면 단지 예쁘고 잘생겼다는 이유만으로 연예인이 된 이들이 있었다. 물론, 그들이 데뷔를 하고 인기를 얻기 전까지는 흔하게들 말하는 연습생 시절을 거칠 정도의 노력을 했겠지만, 과연 그 노력이 선천적으로 타고난 것에 비해 높을까 하는 의구심은 있었다.

더욱이 안젤라 쉴즈처럼 나이가 어려 보이는 모델이라면 노력보다는 타고난 것들의 도움이 훨씬 더 높았을 것 같다는 생각이 드는 게 사실이었다.

"척은 세계 최고의 투수가 되는 게 꿈이라고 했죠?"

"그렇습니다."

"부럽네요. 나는 어렸을 때부터 사진 찍히는 걸 좋아해서 막연하게 모델이 되고 싶다고 생각을 했죠. 운이 좋아서 모델이 되기는 했는데, 생각해 보니 모델이 되고나서 더 이상 뭘 하고 싶은지 꿈이 없더라고요. 소속사에서는 이것저것 내게 시키려고 하는 일도 많고, 할 수 있는 일들이 많다고 말하지만 솔직히 제가 원하는 것들은 아니거든요. 요즘에는 그냥 평범하게 친구들과 학교를 다니고 있었다면 어땠을까 하는 생각을 해보기도 해요."

안젤라 쉴즈의 말에 나 역시 그녀와 같은 생각을 해봤다.

평범하게.

야구를 하지 않는 차지혁의 삶.

쉽게 떠오르지가 않았다.

이런저런 친구들과 어울리며 대학교를 다녔을까?

대학을 가지 못해 재수를 하고 있었을까?

어쩌면 군대에 입대했을 수도 있을 것 같다.

내 또래의 평범한 이들을 떠올리긴 했지만, 머릿속에 떠오르는 이미지는 명확하지 않고 흐릿했다.

진정한 친구라고 해봐야 형수 한 명뿐이고, 선후배가 있다고는 하지만 모두가 날 대하기 어려워할 뿐만 아니라 나역시 그들에게 연락 한 번 제대로 한 적이 없으니까.

'정말 나는 야구를 위해서만 살았구나.'

후회는 없지만, 과연 옳은 걸까 하는 의심은 들었다.

어느 날 갑자기 야구를 할 수 없게 된다면?

내가 과연 뭘 할 수 있을까?

"야구 선수라고 야구만 하는 건 아니잖아? 보니까 메이저리그 선수들도 그렇고 국내 선수들도 그렇고 각자 좋아하는 취미나 즐기는 취미가 있던데 오빠는 야구 외에 할 줄 아는 거나, 즐겁게 할 수 있는 취미가 있어? 사람이 말이야, 여러 사람하고 어울리면서 함께 좋아하는 걸 즐길 줄도 알고, 놀 줄도 알아야지. 그렇게 맨날 혼자서 야구만 하다가는 나중에 후회할 수도 있다?"

고등학교 방학 때였던가?

지아가 내게 했던 말이다.

하루도 쉬질 않고 야구만 생각하고 야구 연습이나 그와 관련된 훈련만 하는 나를 두고 지아는 분명히 후회할 날이 올 거라고 말했었다.

당시에는 깊게 생각할 필요도 없는 일이라고 여겼는데, 지금 와서 생각해 보니 마냥 틀린 소리는 아닌 것 같았다.

어울림.

인간은 사회적 동물이라고 말했던 어떤 철학자의 말처럼 사람은 결코 혼자 살아갈 수 없는 존재라고 했다.

결혼을 하고, 아이를 낳으며 사는 이유도 거기에 있다고 했다.

"취미가 있습니까?"

내 물음에 햄버거를 먹던 안젤라 쉴즈가 재빨리 입안의 음식물을 삼키곤 대답했다.

"영화 보는 것도 좋아하고, 노래를 듣거나 부르는 것도 좋아하고, 햇살 좋은 날 공기 맑은 곳에서 산책하는 것도 좋아해요. 그 외에도 수영도 즐겨하는 편이고, 집에서 맛있는 쿠키를 구워서 먹는 것도 좋아해요. 그리고……."

쉬질 않고 자신의 취미와 좋아하는 것들에 대해서 나열하는 안젤라 쉴즈였다.

'정말 많구나.'

저렇게까지 좋아하는 것과 취미가 많을 줄은 몰랐다.

랜디 존슨을 바라보며 같은 질문을 했다.

"많은 사람들이 알다시피 난 드럼 치는 걸 좋아하고, 음악 듣는 것 또한 좋아하지. 사진을 찍는 것도 마찬가지고."

무뚝뚝해 보이는 랜디 존슨마저 여러 가지 취미를 가지고 있었다.

"척의 취미는 뭐죠?"

안젤라 쉴즈의 물음에 랜디 존슨도 약간의 호기심을 드러내며 날 바라봤다.

"전……."

대답할 말이 없었다.

내가 뭘 좋아했고, 어떤 취미를 가지고 있는지 나 자신도 몰랐으니까.

지금까지 야구 하나밖에 할 줄 모르는 내 자신이 괜히 부끄러워졌다.

"취미를 두고 고민할 필요가 있나요? 취미는 말 그대로 내가 편안하게 할 수 있는 일들, 내가 가장 쉽게 할 수 있는 일이나 배우고 싶은 것 등 아닌가요? 척은 야구를 하지 않을 때 무엇을 하죠?"

대답을 망설이는 나에게 안젤라 쉴즈가 물었다.

"그냥 TV를 보거나, 영화를 본다거나……."

"그럼 TV와 영화를 보는 게 취미겠네요."

안젤라 쉴즈가 웃는 얼굴로 그렇게 말했다.

"…그렇군요."

"척은 취미라는 걸 너무 어렵게 생각한 것 같네요. 낮잠을 잔다거나, 따뜻한 오후에 벤치에 앉아서 일광욕을 한다거나, 책을 읽는다거나, 친구들과 수다를 떠는 것 등… 취미라는 건 결국 그 사람이 얼마나 자연스럽고도 편안하게 할 수 있으며 스트레스를 풀 수 있는 방법이라고 생각해요."

새로운 사실을 알게 되었다.

취미라는 게 굳이 거창할 필요도 없고, 남들에게 내세울 필요도 없다는 사실을.

"저 방금 또 하나의 취미가 생긴 것 같아요."

안젤라 쉴즈가 빙긋 웃으며 말을 이었다.

"이렇게 야구장에서 햄버거를 먹는 게 너무 즐겁네요."

화려한 스포트라이트를 받을 정도로 아름다운 외모임에도 불구하고 소박한 웃음을 짓고 있는 안젤라 쉴즈를 보니 그녀가 왜 많은 사람들에게 사랑을 받는 연예인인지 알 것 같았다.

문득, 그녀가 이렇고 있을 시간이 있는 건가 싶었다.

"안젤라 양은 바쁘지 않으십니까?"

바쁘기로 따지면 연예인만큼 바쁜 사람도 드물기 때문이다.

"오늘 하루는 내가 좋아하는 사람을 만나기 위해 일탈을 했죠."

"예?"

한쪽 눈까지 찡긋 거리며 장난스럽게 웃는 안젤라 쉴즈의 모습에 나는 랜디 존슨을 바라봤다.

자신도 잘 모른다는 듯 고개를 젓는 랜디 존슨이었다.

"안젤라!"

잔뜩 화가 난 음성이 커다랗게 울렸다.

목소리가 들려온 곳으로 시선을 옮기니 날카로운 인상의 여성과 두 명의 건장한 체격의 남자들이 빠르게 다가오고 있었다.

"들켰네요."

아쉽다는 듯 풀이 죽은 모습으로 말을 한 안젤라 쉴즈는 몸을 일으켰다.

"메기가 오기 전에 제가 먼저 갈게요. 괜히 메기가 이상한 말을 척에게 할 수도 있으니까요. 오늘 정말 즐거웠어요. 앞으로도 척의 경기는 항상 지켜보면서 응원할게요! 파이팅!"

파이팅 포즈까지 취해주고 몸을 돌린 안젤라 쉴즈는 날카로운 인상의 여성에게 달려갔다.

"저 여자가 메기입니까?"

"매니저지. 굉장히 시끄럽고 까탈스러운 여자야."

랜디 존슨은 대답을 하며 인상을 찌푸리고 있었다.

나는 그제야 안젤라 쉴즈가 왜 서둘러 움직였는지 알 것 같았다.

매니저의 팔을 붙잡고 미안하다는 듯 애교를 부리는 안젤라 쉴즈와 눈 하나 깜짝하지 않고 잔소리를 쏟아내는 매니저의 모습을 보니 그녀가 오늘 이 자리에 오기까지 얼마나 큰 결심을 했는지, 왜 일탈이라고까지 말을 했는지 알게 되었다.

매니저와 경호원으로 보이는 남자들과 등을 돌려 걸어가던 안젤라 쉴즈가 갑자기 내게로 빠르게 달려왔다.

내 얼굴에 자신의 얼굴을 바짝 붙이며 귓가에 소곤거리기 시작했다.

"……!"

태어나서 처음으로 맡아보는 향긋하고도 달콤한 향이 났다.

귓가를 간질거리는 안젤라 쉴즈의 입김에 심장이 쿵 하고 떨어지는 것 같았다.

소곤거리며 말을 마친 안젤라 쉴즈는 내 눈을 보고 예쁘게 웃어주고는 등을 돌려 매니저와 경호원에게로 달려갔다.

매니저가 날카롭게 치켜뜬 눈으로 날 노려보고 있었지만, 안젤라 쉴즈가 그녀의 팔을 붙잡고 걸어가자 따갑던 시선이 끊어졌다.

"마음에 드나?"

랜디 존슨이 날 바라보며 그렇게 물었다.

"예?"

"안젤라 쉴즈가 마음에 드냐고."

"오늘 처음 만난 사이일 뿐입니다. 그녀가 어떤 사람인지도 모르는데 마음에 들고 안 들고가 어디에 있겠습니까?"

내 대답에 랜디 존슨이 피식 웃었다.

"귀까지 빨갛게 변해서 하는 말 치고는 궁색하군."

귀가 빨갛게 변했을 줄이야.

재빨리 양쪽 귀를 손으로 잡으며 주물렀다.

"두 번 작업을 해봤는데 좋은 여자더군. 저 정도의 인기를 얻게 되면 세상을 다 가진 것처럼 우쭐해하는 모습들을 많이 보는데, 그녀는 다른 모델들과는 분명 다르더군. 하지만 그녀와의 만남에 대해서는 상당히 진지하게 생각해야 할 거야. 두 사람 모두 대중의 관심을 한 몸에 받고 있으니까. 그렇지만, 안젤라 쉴즈 정도라면 사람들 입소문에 시달리더라도 뜨겁게 사랑을 해볼 만하겠지."

랜디 존슨의 말에 나는 그럴 리 없다고 못 박듯이 대답했다.

"저는 아직 메이저리그에 대한 적응도 끝내지 못했습니다. 여자를 만나는 건 사치나 다름없습니다."

"양대 리그를 통틀어 최고의 활약을 벌이고 있는 투수의 입에서 적응도 끝내지 못했다는 소리가 나오다니. 기자들이 알면 꽤나 좋아할 말이군."

내가 한 말은 진심이지만, 랜디 존슨이 한 말 또한 사실이었다.

"투수든, 타자든 시즌이 끝나야만 제대로 된 평가를 받는 것 아니겠습니까?"

"종종 시즌이 끝나기도 전에 평가를 받는 투수와 타자들도 있지."

무뚝뚝한 표정으로 그렇게 말을 하는 랜디 존슨에게 더이상 할 말이 없었다.

"훼방꾼도 사라졌으니 진지하게 대화를 시작하지."

"예."

지금까지 가볍게 웃고 떠들던 분위기가 순식간에 돌변했다.

랜디 존슨도 그렇고 나도 그렇고 모두 한가한 사람들이 아니었다.

더욱이 랜디 존슨의 한마디, 한마디가 소중한 조언인 내게 그와 함께 있는 시간은 정말 귀중하게 쓰여야만 했다.

"우선 그동안 자네가 보여줬던 투구 패턴들에 대해서 내가 느낀 것들을 말해주지."

랜디 존슨과의 대화는 무척이나 길었다.

세인트루이스 카디널스와 LA 다저스의 시즌 마지막 경기가 시작되기 전까지도 좀처럼 끝날 기미가 보이질 않았기에 결국 집으로 향했다.

집에서도 대화는 계속해서 이어졌다.

경기 운영 방식, 타자들을 상대할 때의 태도, 구종에 대한 평가와 신구종에 대한 토론까지 랜디 존슨은 무척이나 꼼꼼하게 말을 했고, 나 역시 받아들일 것들과 그렇지 않을 것들을 자체적으로 분류해서 머릿속과 가슴에 담았다.

그렇게 모든 대화를 끝내고 나니 세인트루이스 카디널스와 LA 다저스의 시즌 마지막 경기가 끝나가고 있었다.

"다저스가 이기겠군."

랜디 존슨의 말대로였다.

8회의 스코어가 3 : 8이었다.

아무리 세인트루이스 카디널스의 타선이라고 하더라도 경기 막판에 5점 차이를 뒤집기란 쉽지 않은 일이었다.

더욱이 올 시즌 들어 역전당하는 일이 거의 없는 LA 다저

스 불펜진을 생각하면 이미 승부의 추가 기울어졌다고 판
단해도 이르다고 할 수 없었다.

"어쩌면 다저스가 이익을 볼 수 있는 트레이드일지도 모
르겠군."

TV를 보던 랜디 존슨이 그렇게 말했다.

마침 TV에서는 형수가 깔끔한 2루타를 터트리고 있었다.

마리아 파헬슨이라는 초특급 유망주와 트레이드를 한 형
수에 대한 다저스 팬들의 평가는 아직까지도 불만이 많았
다.

하지만 랜디 존슨의 말처럼 평가는 언제든 뒤집힐 수가
있었다.

"분명 그럴 거라고 생각합니다."

자신 있는 내 말에 랜디 존슨은 아무런 대꾸도 하지 않았
다.

띠링.

랜디 존슨이 자신의 핸드폰 울림에 메시지를 확인하고는
나에게 말했다.

"안젤라 쉴즈가 자네 전화번호를 원하는군."

"예?"

"척의 취미가 영화라니 나중에 시간이 된다면 함께 영화 봤으

면 좋겠네요. 오늘 척을 만나서 정말 너무 즐겁고 행복했어요. 부상에서 회복되면 이전처럼 멋진 피칭 응원할게요. 참, 햄버거 너무 맛있었어요. 다음에는 내가 맛있는 샌드위치 사줄게요. 그럼, 다음에 또 봐요."

내게 속삭였던 안젤라 쉴즈의 말을 떠올리다 이내 고개를 저었다.

메이저리그 1년 차 데뷔 신인이 여자나 만나고 다닐 수는 없었다.

"전화번호는 주지 않으셨으면……."

"이미 줬어."

"…제 의견을 묻기 위해서 했던 말 아니었습니까?"

"내가?"

그런 적 없다는 랜디 존슨의 태도에 나는 헛웃음이 나오고 말았다.

"너희 두 사람의 문제로 내가 귀찮아지는 일은 없었으면 한다."

랜디 존슨의 단호한 말에 그가 왜 내 전화번호를 안젤라 쉴즈에게 알려줬는지 알 만했다.

알려주지 않으면 계속해서 알려달라고 할까 싶어 사전에 미리 해결해 버린 거다.

자신의 일이 아니니 상관없다는 듯 태평스럽게 TV를 보고 있는 랜디 존슨이었다.

*　　　*　　　*

"식사는 어떻게 해드릴까요?"

앞치마를 두른 주혜영이 조심스럽게 물어왔다.

"하시던 대로 알아서 해주세요."

지금까지 가정부로 일을 하면서 음식과 청소, 빨래 등 모든 걸 알아서 척척 해주고 있었기에 나 같은 경우에는 특별히 그녀에게 무언가를 요구한 적이 거의 없었다.

하지만 반대로 그녀는 항상 내게 먼저 허락을 구했었다.

다른 때였다면 알아서 미리 생각해 놨던 메뉴를 내게 알려주었을 주혜영이었지만, 오늘은 달랐다. 난감하다는 얼굴로 나를 바라보고 있는 그녀의 모습에 내가 먼저 물었다.

"왜 그러십니까?"

주혜영의 눈빛이 랜디 존슨을 가리켰다.

그제야 내가 실수를 했다는 걸 깨달았다.

주혜영은 거의 대부분의 음식을 전형적인 한식으로만 준비했다.

나와 형수가 아무래도 한국 사람이다 보니 양식보다는

한식이 입맛에도 맞았고, 한식 외의 음식은 언제든 구단 내의 식당에서 먹을 수 있었기에 집에서만큼은 한식을 선호했다.

자연적으로 주혜영 역시 어제부터 미리 오늘 식단을 한식으로 생각하고 재료를 준비해 뒀을 터.

그런데 어제 밤 호텔로 돌아가겠다는 랜디 존슨을 억지로 집에 머물도록 했으니 주혜영 입장에서는 아침에 출근해서 만난 랜디 존슨으로 인해 머릿속이 복잡해졌을 수밖에 없었을 거다.

"드시고 싶은 게 있습니까?"

내 물음에 랜디 존슨은 고개를 저었다.

"손님인 내가 먹고 싶은 걸 내놓으라고 할 수는 없지."

"괜찮습니다. 드시고 싶은 게 있으시면 말씀하시면 됩니다."

"초대를 받았으면 당연히 주인이 내놓는 걸 맛있게 먹으면 그만이다. 먹는 거에 크게 신경 쓰지 않고 딱히 가리는 음식도 없으니 자네가 먹던 대로 먹어."

내가 주혜영을 바라보니 그녀 역시 랜디 존슨의 말을 알아들었기에 그럼 준비를 하겠다며 주방으로 향했다.

"그것보다도 어제 했던 구종에 대한 이야기를 마저 하지."

"예."

"말했다시피 메이저리그 투수들의 패스트볼 평균 회전수는 38~40회 정도지. 하지만 평균을 상회하는 회전수를 지닌 투수들의 패스트볼을 보면 확실하게 포수에게 도달하는 위치가 높다는 걸 알 수 있다. 개인적으로 자네가 던지는 패스트볼의 회전수를 파악해 본 결과 놀랍게도 최저 43회, 최고 55회전까지 나오더군."

"그렇습니까?"

랜디 존슨 정도 된다면 인맥을 통해서라도 얼마든지 나에 대한 분석 자료를 찾아볼 수 있었을 거라 생각이 들었다.

중요한 건 나에 대한 분석 자료보다는 내가 던진 포심 패스트볼의 최고 회전수가 메이저리그 투수들의 평균을 훨씬 상회하는 55회라는 사실이다.

그럼에도 불구하고 한국 프로무대와 일본 프로무대까지 장악했던 전설의 끝판왕 오성훈 선수에게는 미치지 못했다.

"최고 55회전 자체만으로도 대단하다 할 수 있지만, 더욱 놀라운 사실은 바로 자네가 던지는 패스트볼의 회전 각도였지. 보통 평균적인 회전수를 기록하는 투수들의 경우 30도를 유지하지만 회전수가 높은 투수들의 경우에는 그 각도가 줄어들지. 그런데 자네의 경우에는 놀랍게도 23도 정도밖에 되질 않더군. 보통 회전수가 45회 이상을 넘어서는 투수들의 경우 10도 정도에 머무는 것과 비교하면 놀라운 일이지."

"어떤 식으로 놀랍다는 건지 자세히 알고 싶습니다."

"간단하게 생각해서 공의 회전 각도가 정각, 즉 0도에 가까울수록 회전수가 증가한다고 생각하면 되는데, 자네는 회전 각도가 23도 가량이나 기울어졌음에도 불구하고 회전수가 55회까지 나오고 있어. 즉, 0도에 가깝게 공을 던질 경우 그 회전수가 얼마나 더 증가할지 예측이 불가능하다는 거야."

"회전수가 더 증가한다면……."

"착시 효과라 불리는 라이징 패스트볼이 현실이 될 수도 있겠지."

최상호 코치에 이어서 랜디 존슨도 나에게 라이징 패스트볼을 거론했다.

중력의 법칙을 거스르고 떠오르는 공, 라이징 패스트볼.

모든 타자의 스윙은 어느 누구도 예외 없이 떨어지는 공에 대한 궤적을 그린다.

그런 타자들의 스윙 궤적을 피하는 떠오르는 공을 던지는 투수가 있다면?

어떠한 타자도 칠 수 없다.

라이징 패스트볼이라는 걸 알고 스윙을 한다 하더라도 몸에 익은 습관은 고치기가 힘들다.

거기에 일반적인 구종까지 뒤섞는다면?

무적의 투수.

세상 모든 타자들을 발아래 둘 수 있는 무적의 투수가 된다.

"정말 가능하겠습니까?"

기대에 찬 내 물음에 랜디 존슨은 너무나도 쉽게 고개를 저었다.

"불가능하겠지."

"조금 전에는 현실이 될 수도 있다고 하셨잖습니까?"

"진정한 의미에서의 라이징 패스트볼이 아닌 착시 효과적인 의미에서의 라이징 패스트볼이라면 가능하다는 말이다. 이미 많은 전문가들이 이론적으로 가설을 내세우고 있듯이 라이징 패스트볼이라는 건 인간의 몸으로 던질 수 있는 구종이 아냐."

헛꿈 꾸지 말라는 듯 냉정한 랜디 존슨의 말투에 잔뜩 부풀었던 기대감이 와르르 무너졌다.

하지만 반대로 착시 효과적인 라이징 패스트볼에 대한 기대가 살짝 생겨났다.

"착시 효과라는 건 말 그대로 실제와는 다르게 그렇게 보인다는 뜻 아닙니까? 그렇다면 결과적으로는 어쨌든 타자의 입장에서는 라이징 패스트볼이나 다름없는 것 아닙니까?"

"당장은 그렇겠지. 하지만 말 그대로 착시 효과적인 라이징 패스트볼이기 때문에 타자들에게 지속력을 발휘하기는 어렵다."

맞는 말이다.

진짜로 떠오르는 공이 아닌 다른 투수들보다 조금 덜 가라앉을 뿐이니까.

실제로 공의 궤적이 떠오르지 않는 이상 시간이 지나면 타자들도 거기에 맞춰서 스윙 궤적에 변화를 줄 것이다.

하지만 그것만으로도 투수 입장에서는 엄청난 이득이 된다.

"제가 당장 해야 할 일은 착시 효과를 지닌 라이징 패스트볼을 던지는 겁니까?"

"우선순위를 정하자면 그렇겠지. 그 공을 던질 수 있게 된다면 분명 네가 던지고자 하는 새로운 구종에 한발 더 가까이 갈 수 있을 거라고 생각한다."

랜디 존슨의 말에 나 역시 고개를 끄덕이며 동의했다.

문제는 착시 효과일 뿐이라 하더라도 명색이 라이징 패

스트볼이라는 사실이다.

하루아침에 던질 수 있을 거라는 기대는 꿈도 꿀 수 없었다.

"얼마나 걸릴 것 같습니까?"

랜디 존슨은 내 물음에 그걸 왜 자신에게 물어보냐는 듯 황당한 눈으로 날 바라보다 그래도 대답은 해주겠다는 듯 입을 열었다.

"재능이 받쳐 주고 노력이 뒤따른다면 은퇴하기 전에는 던질 수 있겠지."

"……."

황당한 랜디 존슨의 대답에 내가 불만스럽게 한마디를 하려고 할 때, 주혜영이 다가와 식사 준비가 끝났음을 알렸다.

"냄새가 무척 좋군."

자리에서 일어나 식탁을 향해 성큼성큼 걸어가는 랜디 존슨을 바라보며 나는 결국 아무런 말도 하지 못했다.

Chapter 9

부상 회복을 겸한 휴식은 빠르게 지나갔다.

그 기간 동안에도 꾸준하게 운동을 하며 당장에라도 마운드에 올라갈 수 있도록 몸 상태를 최상으로 유지시키려고 노력했다.

그런 내 모습을 바로 곁에서 지켜보는 사람이 있었다.

찰칵!

랜디 존슨은 자신이 찍은 사진을 그 자리에서 확인했다.

가볍게 고개를 끄덕이는 걸로 봐선 마음에 든 모양이다.

주혜영의 음식 솜씨는 랜디 존슨마저 반하게 만들었다.

3일 예정이었던 LA 일정이 늘어났고, 첫날 이후 계속해서 내 집에서 머물렀으니까.

　내가 하는 훈련을 지켜보며 한마디씩 조언을 하거나, 형수를 대신해서 가볍게 캐치볼까지 해주며 나를 상대해 줬다.

　하지만 캐치볼을 하지 않는 시간 동안에는 끊임없이 카메라로 날 찍어대고 있었다.

　카메라로 왜 날 찍느냐는 질문에 랜디 존슨은 아주 당당하게 대답했다.

　"돈이 되는 모델은 생각보다 흔하지 않거든."

　메이저리그의 살아 있는 전설이라 불리는 랜디 존슨이 돈 때문에 사진을 찍는다?

　말도 되지 않는 소리다.

　누구처럼 도박을 하거나, 사업에 실패를 했거나, 알콜 중독이나 마약에 빠져서 돈을 탕진했다면 모를까?

　랜디 존슨은 메이저리그에서 현역으로 뛰며 벌어들인 수입을 고스란히 가지고 있었고, 오히려 안정적으로 투자를 해서 적지 않은 수익을 내고 있다는 소문도 들었다.

　거기에 사진작가로 활동하며 버는 돈까지 있었으니 파파라치처럼 날 찍어서 돈을 벌겠다는 그의 말은 가뭄에 콩 나듯 들을 수 있는 농담인 셈이다.

몇 번이나 이유를 물었지만 그때마다 같은 대답을 하는 바람에 이제는 사진을 찍든, 뭘 하든 상관하지 않고 내 훈련만 묵묵히 소화를 했다.

찰칵!

카메라 셔터음이 거슬리기는 했지만, 마냥 방해만 되는 것도 아니었다.

"손목이 살짝 비틀리는 게 보이지? 이러면 회전 각도를 줄이기가 쉽지 않아."

랜디 존슨은 카메라 액정을 내게 보이며 투구폼에 대한 지적도 해주었다.

연속으로 촬영한 장면, 장면에서는 꽤 도움이 되고 있었다.

나는 훈련을, 랜디 존슨은 사진을 찍으며 오전 시간을 모두 소모하고 주혜영의 호출에 점심을 먹기 위해 집으로 향하던 중 한국에 일이 있어 들어갔던 황병익 대표가 반가운 손님을 데리고 나타났다.

"차지혁 선수!"

울의 성대준 대표였다.

반갑게 나를 향해 인사를 하는 성대준 대표에게 나 역시 인사를 건넸다.

"부상은 어떠십니까? 황 대표님께 큰 부상이 아니라고

들기는 했습니다만."

"들으신 것처럼 걱정할 필요도 없는 작은 부상입니다."

"다행입니다! 차지혁 선수는 우리 대한민국의 영웅이자, 야구계는 물론 전 세계 스포츠계의 보물입니다. 항상 부상 조심하셔야 합니다."

낯간지러운 성대준 대표의 말에 나는 랜디 존슨이 한국 말을 모른다는 사실이 무척이나 다행이라고 여겼다.

그 사이 황병익 대표는 랜디 존슨과 인사를 했다.

성대준 대표까지 가세해서 랜디 존슨과 인사를 마치고 나서야 집으로 들어갔다.

"점심 드셨습니까?"

내 물음에 황병익 대표와 성대준 대표가 동시에 고개를 저었다.

"계획은 차지혁 선수에게 좋은 곳에서 맛있는 음식을 대접해 드리려고 했는데, 이거 음식 냄새가 너무 좋아서 아무래도 저녁으로 미뤄야 할 것 같습니다."

성대준 대표는 예전과는 다른 넉살을 보여줬고, 결국은 모두 함께 식탁에 둘러앉았다.

항상 넉넉하게 음식을 하는 주혜영이었지만, 두 명이나 되는 불청객으로 인해 음식이 약간 모자랐다.

추가로 음식을 만들려는 주혜영에게 그럴 필요 없다고

말을 하고는 간단한 후식 거리를 부탁하곤 거실로 향했다.

"성 대표님께서 미국까지는 어쩐 일로 오셨습니까?"

성대준 대표는 당연히 날 만나러 왔다고 말을 했지만, 그 걸 고스란히 믿을 정도로 난 바보가 아니었다.

"사실은 차지혁 선수로 인해 우리 울 스포츠의 매출이 급 증했기에 이젠 미국 시장에서도 제대로 한 번 사업을 벌여 볼까 싶어서 겸사겸사 황 대표님과 함께 비행기를 타게 됐 습니다."

"사업이 잘되신다니 다행입니다."

"하하하하! 이게 모두다 차지혁 선수 덕입니다! 차지혁 선수가 아니었다면 지금과 같은 성공은 꿈도 꿀 수 없었을 겁니다."

"그렇게 생각해 주신다면 고맙게 듣겠습니다."

냉정하게 말해서 틀린 소리는 아니었으니 굳이 겸양을 떨 필요는 없었다.

특히, MSB 방송국에서 방송된 '한국의 영웅, 차지혁! 메 이저리그를 정복하다!' 의 프로를 통해 내가 입었던 의류와 신발 등이 현재 한국에서는 엄청나게 팔리고 있다고 했었 다.

오죽했으면 지아마저도 나 때문에 학교 남자애들이 다 똑같은 옷과 신발을 신고 다녀서 꼴 보기 싫다고 했을까.

"그리고 다음 달 정도에 차앤울 재단도 시작할 수 있을 것 같습니다."

"그 문제라면 아버지께 들었습니다. 여러 가지로 성 대표 님께서 많은 부분을 양보해 주셔서 감사하다고 하셨습니다."

"그렇게 생각해 주신다면 저야말로 감사합니다. 명색이 대한민국의 국민 영웅인 차지혁 선수의 이름을 걸고 설립하는 재단이니 물심양면으로 최선을 다해서 지원하도록 하겠습니다."

"감사합니다."

"그것보다도 이번에 차지혁 선수에게 한 가지 제안을 하려고 합니다."

성대준 대표가 진짜로 날 찾아온 목적을 밝히는 순간이었다.

사업가인 성대준 대표가 내게 제안을 한다면 그건 하나뿐이다.

사업.

내가 사업에 관여를 할 수도, 그럴 시간도 없다는 걸 알고 있으니 성대준 대표가 내게 제안할 것이 무엇인지는 눈치만으로도 충분히 짐작이 가능했다.

"투자를 바라시는 겁니까?"

"예. 이번에 해외 시장… 특히, 차지혁 선수가 활동하고 있는 미국 시장부터 제대로 한 번 시작을 해볼까 합니다."

성대준 대표는 이후 내게 사업에 관한 이야기를 상당히 자세하게 설명하기 시작했다.

알아들을 수 있는 말보다는 알아듣지 못할, 쉽게 이해하지 못할 말들이 훨씬 더 많았다.

지금까지 평생 야구만 해온 내게 사업에 관한 일은 소귀에 경 읽기나 다름없었다.

30분 넘게 설명을 한 성대준 대표의 말에 나는 황병익 대표를 바라보며 물었다.

"황 대표님은 어떻게 생각하십니까?"

"긍정적이라고 봅니다. 저 역시 많은 돈은 아니지만 투자를 결정했습니다."

긍정적이다, 투자를 결정했다.

결과적으로 황병익 대표의 말이 내 결정에도 큰 이정표 역할을 해주었다.

"투자를 하겠습니다."

내 대답에 성대준 대표가 허탈하다는 듯 푸념을 했다.

"30분 동안 떠든 저보다 황 대표님의 몇 마디가 차지혁 선수의 결정에 훨씬 더 큰 역할을 했군요."

"에이전시니까요."

내 대답에 성대준 대표가 크게 웃었다.

"하하하! 차지혁 선수에게 이토록 크게 신임을 받고 있으니 황 대표님은 행복하시겠습니다."

"제 인생에 있어서 가장 잘한 일 중 두 번째가 차지혁 선수와 계약을 맺은 것입니다."

황병익 대표의 말에 성대준 대표는 물론, 나까지도 첫 번째로 잘한 일이 무엇인지 궁금해했다.

"황 대표님이 가장 잘한 첫 번째가 무엇인지 물어도 되겠습니까?"

"당연히 에이전시를 차린 일입니다. 그렇지 않았다면 어떻게 차지혁 선수와 계약을 맺었겠습니까? 하하."

성대준 대표는 자신의 무릎을 탁 치며 고개를 끄덕였다.

"어쨌든 투자를 결정하신 만큼 차지혁 선수에게 결코 피해가 가질 않도록 최선을 다해서 노력하겠습니다."

내게 손을 내밀어 악수를 청하는 성대준 대표의 손을 맞잡았다.

"투자 금액에 대한 부분은 차후에 통보해 드리겠습니다."

투자금액에 따라서 주식으로 돌려준다고 하니 이러다가 주식 부자가 되는 거 아닌가 하는 생각이 들었다.

'이미 주식 부자인가?'

현재 울의 주식 가격은 1주당 14,900원이었다.

보유하고 있는 주식 가격만 현재 584억이 넘었다.

여기에 추가로 투자를 하고 주식을 배당받으면 그 가치가 얼마까지 치솟을지 알 수 없는 일이었다. 물론, 투자라는 건 성공만이 보장되는 일이 아니기에 자칫 내가 가진 주식의 가치가 바닥까지 하락할 수도 있다는 건 알고 있었다.

'그렇다고 설마 다시 천 원으로 내려가겠어?'

고속 성장, 아니 폭발적인 성장을 이룩한 울의 회사 가치는 말 그대로 단기간에 15배 가까이 폭등했다.

그 중심이자, 핵심적인 역할은 당연히 나에게 있었으니 최소한 내가 울과의 관계를 몽땅 정리하지 않는 이상은 울의 회사 가치가 폭락할 가능성은 그리 높지 않았다.

거기에 성대준 대표 역시 허황되게 사업을 할 사람도 아니었으니 앞으로 울의 미래는 충분히 투자 가치가 높았다.

성대준 대표와의 이야기를 마치고 나자 황병익 대표와 대화를 시작했다.

"예?"

내가 황당하다는 얼굴로 황병익 대표를 바라봤다.

너무 어이없는 말을 들었기에 황당한 표정을 짓던 내 얼굴이 서서히 일그러졌다.

"저 역시 차지혁 선수와 마찬가지입니다. 군이 대응할 필

요도 없는 일이지만, 차지혁 선수 본인도 알고는 있어야 한
다 생각했기에 말하는 것뿐입니다."

"아무리 돈이 많아도 그렇지 비상식적이라 살짝 화까지
나네요."

황병익 대표가 한 말은 정말 황당하기 짝이 없었다.

다름 아닌 이적 협상에 관한 이야기였다.

올 시즌 메이저리그에 데뷔했고, LA 다저스와 7년 계약
기간 중 첫해를 맞이했을 뿐이다.

그런데 벌써부터 이적이라니.

"어떻게 돈이면 다 된다 생각을 하고 있을 수 있는지 도
저히 이해가 가질 않네요."

"그러게 말입니다."

LA 다저스와 7년 계약을 하면서 걸린 바이아웃 금액이
무려 1억 달러다.

말 그대로 1억 달러를 LA 다저스에 지불해야만 나를 데
리고 갈 수 있다는 뜻이다.

말이 1억 달러지 실질적으로 메이저리그에서 바이아웃
금액으로 1억 달러를 책정해 놓은 선수는 나를 포함해서 고
작 3명뿐이다.

워싱턴 내셔널스의 에이스 루카스 지올리토와 텍사스 레
인저스의 외야수 바이런 벅스턴이 그 주인공들이다.

바이아웃 금액으로 1억 달러를 명시한 건 말 그대로 이 선수는 절대 이적시킬 생각이 없다는 구단의 의지를 표명하는 상징성이다.

아무리 메이저리그 선수들의 몸값이 높아졌다 하더라도 이적료만으로 1억 달러나 되는 거액을 쓴다는 건 말이 되질 않았다.

그런데 이 말이 되지 않는 일을 벌이는 구단이 나타난 거다.

"다가올 7월에 샌디에이고 파드리스를 중심으로 대대적인 대규모의 대형 트레이드가 벌어질 거라는 소문이 자자합니다."

메이저리그 30개 구단 중 최악의 성적을 기록하고 있는 샌디에이고 파드리스다.

지난 스토브 리그에서 상당한 돈을 써가며 선수 보강을 했지만, 효과는 전혀 없었고 오히려 샌디에이고 파드리스의 갑부 구단주는 조롱거리가 되고 말았다.

갑부 구단주는 자존심에 심각하게 금이 가자 이제는 그 자존심을 회복하기 위해 천문학적인 돈을 퍼붓기로 작정한 거다.

황병익 대표의 말대로라면 샌디에이고 파드리스 갑부 구단주가 뿔났단다.

그런 샌디에이고 파드리스의 갑부 구단주가 LA 다저스에 정식으로 날 영입하고 싶다는 통보를 한 거다.

1억 달러나 하는 바이아웃 금액을 지불하겠다는 뜻을 일방적으로 통보해 버렸고, 황병익 대표에게 연락을 해서 계약 기간, 연봉, 보너스 등 모든 것을 메이저리그 역대 최고로 해주겠다는 뜻을 보였다고 한다.

당연히 황병인 대표는 고려할 가치도 없다 판단했지만, LA 다저스 입장에서는 날벼락이 떨어진 셈이다.

"맥브라이드 단장이 얼마나 놀란 음성으로 말을 했던지 아직도 그때 했던 통화를 생각하면 웃음이 나옵니다."

재있다는 듯 말을 하는 황병익 대표였지만, 정말로 맥브라이드 단장 입장에서는 가슴이 철렁 내려앉을 정도로 놀랄 만한 일이다.

만에 하나라도 돈을 노리고 이적을 할 수도 있는 일이니까.

문제는 이제부터다.

7월 트레이드에서도 돈의 위력은 분명 발휘가 된다.

트레이드는 보통 비슷한 기량의 선수와 선수를 교환하는 방식이지만, 상황에 따라선 기량의 차이를 메꾸기 위해 돈을 추가하는 일도 흔하게 벌어졌다.

아닌 말로 적당한 수준의 선수를 트레이드 요청하고 상

대적으로 기량이 떨어지는 선수와 막대한 돈을 추가한다면?

적지 않은 구단들이 트레이드에 응할 수밖에 없어진다.

반드시 팀에 필요한 선수라면 모를까, 그렇지 않다면 트레이드를 통해 돈을 받아뒀다가 스토브리그에서 원하는 선수를 영입할 자금으로 사용할 수 있으니 절대 손해라 할 수 없었다.

"필 맥카프리도 영입 대상 중 한 명이라고 합니다."

계약 기간 종료까지 1년.

LA 다저스에서 데뷔를 한 필 맥카프리였고 에이스 자리를 차지한 구단의 프랜차이즈 스타지만, 주변에 떠도는 말에 따르면 이미 이적 결심을 어느 정도 세웠다고 했으니 샌디에이고 파드리스라고 가지 못할 이유는 없었다.

"트레이드는 불가능할 겁니다. 시즌이 종료되고 이적을 한다면 모를까."

"그럴 겁니다."

현재 샌디에이고 파드리스의 성적은 최하위, 그것도 메이저리그 30개 구단을 통틀어 최악의 승률을 자랑하고 있었다.

우선적으로 필 맥카프리에게는 트레이드 거부권이 있다.

설령, 거부권이 아니라 하더라도 LA 다저스 입장에서 미

치지 않고서야 시즌 중에 필 맥카프리와 같은 최정상급의
투수를 트레이드시킬 일은 없다.

"어쩌면 현재 필 맥카프리의 에이전트가 샌디에이고 파
드리스와 협상을 벌이고 있을지도 모릅니다."

이적은 무조건 12월이 되어야 가능하지만 협상은 그 이
전에라도 얼마든지 할 수 있다.

12월 1일이 되는 순간 도장을 찍으면서 유니폼을 갈아입
는 선수들은 모두 사전에 협상을 마쳤다는 소리다.

"필 맥카프리가 올 시즌이 끝나고 이적을 한다면 다저스
로서는 당장 에이스급의 선발 투수를 잃게 되니 내년 시즌
을 준비하기가 쉽지 않을 겁니다."

황병익 대표가 이런 말을 한 이유는 간단했다.

LA 다저스에서의 우승이 쉽지 않을 거라는 뜻이다.

매년 천문학적인 연봉을 선수들에게 지불하면서도 월드
시리즈 우승과는 거리가 멀었던 LA 다저스다.

선수들 사이에서 우스갯소리로 우승 반지를 끼고 싶다면
LA 다저스와는 계약하지 말라는 소리까지 있을까.

"전 차지혁 선수가 누구와 같은 길을 걷지는 않았으면 합
니다."

황병익 대표가 말한 누구란 한 사람뿐이다.

리그 최정상, 아니, 리그를 지배했던 위대한 투수 클레이

튼 커쇼.

지구 최강의 투수라 불렸음에도 우승 한 번 못 해본 비운의 투수.

황병익 대표는 혹시라도 내가 클레이큰 커쇼와 같은 길을 걷게 될까 벌써부터 걱정을 하는 모습을 보였다.

"필 맥카프리가 이적을 한다면 그의 빈자리를 채우는 일이 쉽지는 않겠지만, 다저스에서도 분명 그에 준하는 좋은 투수를 찾아낼 거라고 믿습니다."

LA 다저스가 우승에 대한 갈망이 얼마나 심한지 잘 알고 있었기에 나는 커쇼와 같은 일은 없을 거라고 예상했다.

하지만 만에 하나라도 아니다 싶으면 그때는…….

'이적을 해야겠지.'

하지만 되도록 그런 일은 벌어지지 않았으면 싶었다.

LA 다저스가 좋거나, 정이 들어서가 아니다.

오랜 시간 월드 시리즈에서의 우승을 해오지 못한 LA 다저스를 내 손으로 우승시키고 싶었기 때문이다.

*   *   *

5월 23일.

정해진 로테이션대로라면 내가 선발로 등판해야 할 샌디

에이고 파드리스 원정 경기였지만, 작은 부상도 소홀히 할 수 없다는 게레로 감독을 비롯한 단장과 구단주의 보호로 인해 더그아웃에서 동료들의 경기를 지켜봐야만 했다.

경기에 이겨서 기쁘기는 했지만, 한편으로는 내 빈자리가 전혀 느껴지지 않았다는 점이 괜히 쓴웃음을 짓게 만들었다.

상대가 최악의 승률을 내달리고 있는 샌디에이고 파드리스라는 점이 주요했다.

이어진 24일, 25일 경기에서 LA 다저스는 1승을 추가하며 2승 1패로 위닝 시리즈를 가져갔다.

침체기에 빠져 버린 샌디에이고 파드리스를 상대로 스윕을 거두지 못했다는 점이 아쉽긴 했지만, 위닝 시리즈로 기분 좋게 텍사스 원정을 떠났다.

텍사스 레인저스와의 경기는 4일에 걸쳐서 치러진다.

26일, 27일 이틀 동안에는 텍사스 원정 경기가 벌어지고, 28일과 29일에는 LA로 돌아와서 홈 경기가 잡혀 있었다.

무엇보다 28일은 로테이션을 건너뛴 내가 다시 선발로 등판하는 날이었다.

텍사스 레인저스는 강하다.

하지만 재밌는 사실은 텍사스 레인저스 역시 매년 우승 후보에 이름을 올리면서도 막상 월드 시리즈 우승을 해본

적은 없다는 점이다.

내셔널리그에서 만년 우승 후보로 LA 다저스가 있다면 아메리칸리그에는 텍사스 레인저스가 있다는 말이 있을 정도로 두 팀 모두 우승할 수 있을 정도의 전력을 갖추고도 우승과는 거리가 멀었다.

텍사스 레인저스는 화끈한 타격으로 공격적인 야구를 하는 구단이다.

리그 정상급의 투수들도 선발진에 이름을 올리고 있지만, 투수력보다는 타자력이 더 뛰어나다 평가를 받는 팀으로 LA 다저스와는 반대의 성향을 갖추고 있었다.

26일에 벌어진 경기는 예상외의 난타전이 벌어졌다.

최종 스코어는 12 : 11.

아슬아슬한 1점차 승리였지만, 결코 좋아할 수 없는 경기 결과였다.

필 맥카프리의 시즌 두 번째 강판.

경기 전까지만 하더라도 대다수의 전문가들은 다저스의 승리를 의심하지 않았다.

텍사스 레인저스의 타선이 막강하다 하더라도 다저스의 에이스 필 맥카프리가 등판하는 경기이니 상대 투수가 4선발임을 감안하면 생각 외로 손쉬운 승리가 될 것이라고 예상한 것이다.

하지만 막상 경기가 시작되자 필 맥카프리는 3이닝 동안 무려 7실점이라는 최악의 결과를 남겨두고 마운드를 내려 가야만 했다.

LA 다저스의 타자들이 부지런하게 점수를 쌓지 않았다면 뜻밖의 대패를 당할 수도 있었던 경기였다.

무엇보다 16일 세인트루이스 카디널스와의 경기에서 4이 닝 6실점으로 강판을 당했던 필 맥카프리가 불과 두 번째 선발 등판 만에 또다시 3이닝 7실점이라는 무기력한 모습을 보임으로써 다저스 선발진의 불안함을 다시 한 번 드러내고 말았다.

화끈한 공격 야구는 27일에도 이어졌다.

5 : 10로 크게 패한 다저스는 1승 1패에 만족하며 LA로 돌아와 홈 경기를 대비했다.

"컨디션은 어때?"

형수의 물음에 멀쩡해진 오른손을 내보였다.

"보다시피 더할 나위 없이 좋아."

"고작 열흘 쉬었다고 경기 감각을 잃은 건 아니겠지?"

"마운드 위에서 확인시켜 줄게."

경기를 준비하며 형수와 가볍게 말장난까지 했다.

텍사스 레인저스와의 원정 경기에서 형수는 무려 2개의

홈런을 몰아치며 절정의 타격감을 보여주고 있는 중이었다.

토렌스가 부상으로 빠져 있는 동안 형수는 꽤 만족스러운 활약을 보여주고 있었는데, 특히 11개나 홈런은 공격형 포수를 선호하는 다른 구단에게 있어 아주 탐이 나는 선수임에 틀림없었다.

경기가 곧 시작된다는 말에 형수와 함께 더그아웃으로 향했다.

"LA 다저스의 진짜 에이스가 누구인지 오늘 확실하게 보여줘라. 나도 연속 경기 홈런을 이어나갈 테니까!"

"그럴까?"

내가 장난스럽게 대꾸하자 형수가 익살스럽게 웃으며 내 목에 팔을 둘렀다.

"제발 나도 시계 좀 받아보자."

"하나 선물하지 뭐."

내 대꾸에 형수가 나를 빤히 바라봤다.

"왜?"

"너 많이 변했다?"

"그래?"

"제법 장난도 잘 받아주고, 요 근래 분위기도 좀 그렇고."

눈을 가느다랗게 뜬 형수가 의심스러운 눈으로 날 노려 보며 물었다.

"설마, 여자라도 생긴 거냐?"

"여자는 무슨."

"그러고 보니까 며칠 전에도 어떤 여자랑 통화하고 그랬 잖아? 도대체 누구야!"

"그냥 아는 사람이야."

알 필요 없다는 듯 대꾸하고는 먼저 앞장서서 걸어갔다.

"누구냐니까~?"

형수의 말을 무시하며 불펜 대기실에서 그라운드를 가로 질러 더그아웃으로 근처에 도착했을 때였다.

"척~! 파이팅!"

익숙한 목소리에 고개를 돌려 보니 그녀가 환하게 웃으 며 나를 향해 손을 흔들고 있었다.

『100마일』 8권에 계속…

PERFECT GAME

FUSION FANTASTIC STORY

박선우 장편 소설

퍼펙트 게임

고통과 좌절의 시간들을 뛰어넘어
불사조처럼 일어나 세계를 제패한 사나이의 일대기.

대한민국을 넘어 메이저리그를 평정하며
명예의 전당에 헌정된 언터처블 투수, 이강찬.

강철 같은 어깨에서 뿜어져 나오는 그의 패스트볼은
무적이었으며 야구계에 길이 남을 신화였다.

야구만을 사랑했던 고독한 사나이.
그의 퍼펙트게임이 이제 시작된다!

Book Publishing CHUNGEORAM

유행이 아닌 자유추구-
WWW.chungeoram.com

가프 장편 소설

관상왕의
1번룸

FUSION FANTASTIC STORY

거대한 도시의 그늘에서 벌어지는
짜릿하고 통쾌한 이야기!

『관상왕의 1번룸』

텐프로의 진상 처리 담당, 홍 부장.
절망적인 삶의 끝에서 만난 남국의 바다는
그를 새로운 인생으로 인도하는데……

쾌락을 원하는 거부, 성공에 목마른 사업가,
그리고 실패로 절망한 사람들이여.

여기, 관상왕의 1번룸으로 오라!

Book Publishing CHUNGEORAM

유행이 아닌 자유추구 -
WWW. chungeoram.com

강준현 장편 소설

FUSION FANTASTIC STORY

개척자

Pioneer

『복수의 길』의 강준현 작가가 선보이는
2015년 특급 신작!

글로벌 기업의 총수, 준영.
갑자기 찾아온 몽유병과 알 수 없는 상황들.

"…누구냐, 넌?"
혼돈 속에서 순식간에 바뀐 그의 모든 일상.
조각 같던 몸도, 엄청난 돈도, 뛰어난 머리도 모두, 사라졌다!

스스로도 알 수 없는 낯선 대한민국의 밑바닥부터
다시 시작해야 하는 준영.

"젠장! 그래, 이렇게 산다!
대신 나중에 바꾸자고 하면 절대 안 바꿔!"

그는 과연 이 상황을 극복하고 자신의 운명을
새롭게 개척해 나갈 수 있을 것인가!

Book Publishing CHUNGEORAM

FUSION FANTASTIC STORY

미더라 장편 소설

ODD LAWYER

Devil's Balance

괴짜 변호사
악마의 저울

『즐거운 인생』 미더라 작가의
2015년 대작!

현직 변호사, 형사, 프로파일러, 범죄심리학 전문가 자문으로
현장의 생생함을 그대로 담아낸 현대 판타지!

『괴짜 변호사 : 악마의 저울』

"제가 왜 한 번도 패소한 적이 없는 줄 아십니까?"

"……"

"저는 법으로만 싸우지 않거든요."

법의 칼날 위에서 춤추는 자들과의
치열한 공방이 펼쳐진다!

Book Publishing CHUNGEORAM

유행이 아닌 자유추구 -
WWW.chungeoram.com

FUSION FANTASTIC STORY

니콜로 장편 소설

아레나
이계사냥기

『경영의 대가』
니콜로 작가의 신작 소설!

서른을 앞둔 만년 고시생 김현호,
어느 날, 꿈에서 본 아기 천사에게 충격적인 이야기를 듣는데……
"모르시겠어요? 당신 죽었어요."

뭐?! 내가 죽었다고?

"그리고…… '율법'에 의해 시험자로 선택받으셨어요."

김현호에게 주어진 시험!
시험을 완수해야만 살 수 있다.

현실과 제2차원계 아레나를 넘나들며,

새 삶의 기회를 얻기 위한
그의 치열한 미션이 시작된다!

Book Publishing CHUNGEORAM

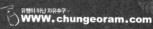

유행이 아닌 자유추구 -
WWW. chungeoram.com